W0293546

Paul Kornfeld
Legende

Schöffling & Co.

Erste Auflage 1999
© Schöffling & Co. Verlagsbuchhandlung GmbH,
Frankfurt am Main 1999
Die Erstausgabe erschien 1917
im S. Fischer Verlag, Berlin
Alle Rechte vorbehalten
Satz: Reinhard Amann, Aichstetten
Druck & Bindung: Pustet, Regensburg
ISBN 3-89561-163-8

Legende

Erstes Kapitel
Wratislav und Wladislav

Im Jahre 1613 lebte im südlichen Böhmen, dort, wo die letzten Hügel des Böhmerwaldes in Ebene vergehen, auf seinem Gute, das groß und blühend und sonnenbeschienen in allen Farben schillerte, Graf Wratislav; außer ihm noch, neben den vielen Knechten, Mägden und Bauern, sein Freund und Diener Wladislav. Gemeinsam verbrachte Kindheit verband diesen und jenen; freundlich gemeinsam verbrachte Zeiten blieben für beide eine gern getragene Fessel. Sie hatten dieselben Spiele gespielt, miteinander den gleichen Unfug getrieben, dieselben Felder durchflogen, und als sie allmählich Männer geworden waren, hatte sich auch allmählich ernste Freundschaft zwischen sie gestellt. Waren alle Angelegenheiten des Tages getan, hatte Wladislav, der Diener, seine Pflichten erfüllt, war, als letzter seiner Dienste, das Geschirr vom Abendtisch getragen und lag Stille und Nacht über Erde und Welt, dann saßen die beiden als gute Freunde inmitten des großen Saales, Wein vor sich, den Kopf in die Hände und die Arme auf den Tisch gestützt, und berieten, von einem Flämmchen, auf den Tisch gestellt, zart nur und flackernd beschienen, lachten oder schwiegen freundlich miteinander.

In des Grafen Innern war vor Monaten plötzlich, wie durch Zauber, ein Gedanke aufgetaucht, der, von der Zeit genährt, von seiner Freundschaft getragen und von immer neuen Argumenten gestützt, ihm Qual und durch seine wachsende Überzeugungskraft immer mehr Qual verursachte und längst schon begonnen hatte, ihn zu verwirren und seiner Ruhe zu berauben.

In einer Nacht, als sie seit vielen Stunden schon beisammen gesessen waren, noch immer beieinander saßen, und die Sonne schon mystisch den Tag begann, fand seine Geduld ein Ende: er nahm all seine Kraft, fand Worte, und es entspann sich folgendes Gespräch:

»Wie wäre es, Wladislav«, begann der Graf, »was würdest du dazu sagen, hättest du deine eigenen Felder, deine eigenen Wiesen, von deinen Bauern alles gepflegt, und deine eigenen Rinder, deine eigene Hütte irgendwo und wärest dann über dies alles und über dich selbst dein eigener Herr? Was würdest du dazu sagen?«

»Es wäre«, antwortete der Diener, »es wäre schön, doch wenn's nicht ist –«

»Es wäre schön, sagst du? Nun denn: Ich schenke dir ein Stück von meinem Land, treib

Vieh von meinen Wiesen auf die deinen, und meine Knechte bauen dir ein Haus! Sei glücklich drin, Gott segne dich!«

Der Graf erwartete, den Körper vorgebeugt, den Mund geöffnet, mit fragenden Augen die Antwort. Der Diener aber schweigt, bleibt unbewegt sitzen und schaut nur zwischen den halb geschlossenen Augenlidern den Grafen scharf und mißtrauisch an.

»Ich danke Ihnen – ich will es nicht!«

»Warum willst du es nicht? Warum willst du es von mir nicht annehmen?«

»Ich will es nicht!«

Wladislav sitzt, ohne sich zu rühren, verbissen da. Eine bedrohliche Pause lag über dem Saal. Doch endlich, nach einigem Zaudern, dann schwer sich entschließend, erhebt Wladislav die Stimme, und als wäre es Vorwurf und Drohung zugleich, sagt er in bösem Ton:

»Und wer würde, wer würde Sie bedienen? Morgens Sie wecken und ankleiden? Sie zur Jagd begleiten und die Speisen auf den Tisch stellen?«

»Ich würde vielleicht einen andern Diener finden.« Und energisch fügt er hinzu: »Ich will es nicht, daß du, mein einziger Freund, mich bedienst! Ich will keinen Diener – es ist schlecht!«

Der Graf schwieg; ängstliche Blicke schlichen

hinüber zu seinem Diener, und nichts war hörbar im Raum als das Rauschen der Luft. Doch dann geschah das Geahnte, wenn auch nicht Erwartete: Lärmend wie eine Katastrophe sprang Wladislav von seinem Stuhl: der Tisch erzitterte unter seinen Fäusten, der Stuhl fiel um, das Glas mit seinem Öl wankte, das Flämmchen bog sich zur Seite, richtete sich auf, duckte sich ersterbend, zitterte, schon winzig, und erlosch.

»Nun denn«, schrie er, »so gehe ich! Doch Ihre Felder und Ihre Bauern und mein eigenes Haus will ich nicht! – will ich nicht!«

Aufstampfend nähert er sich der Tür, ergreift das Schloß, doch wendet er sich nochmals um – diesmal aber war sein Ton nur der eines Gekränkten, und seine Augen schwammen in Tränen:

»Wer hätte das gedacht! Für so viel Treue so wenig Dankbarkeit! Für so viel Dienste so wenig Gerechtigkeit!«

Er sprach nicht zu Ende und verschwand.

Der Graf blieb allein. Seine Angst hatte sich erfüllt.

Auf die schon aufgeschwemmte und weich gewordene Erde fiel gleichmäßig weiter der trübe Regen. Es war der nächste Tag, und einsam in der Landschaft, in ihr aufragend wie ein Turm, stand breitschulterig, groß und mächtig, gegen Norden, die Ebene, gerichtet, der Diener Wladislav. Die Beine waren frech gespreizt, die Fäuste in die Taschen verbissen, der tüchtige breite Nacken ein wenig zurückgelehnt und der Kopf trotzig halb zum Himmel erhoben – so fanden ihn Sturm und Regen steinhart im Lande, doch seinen Augen entströmten Tränen und verloren sich nach kurzem Lauf unzählig im Urwald seines bäuerlichen Vollbarts.

Ein Knabe kam, um ihn zum Grafen zu entbieten. Er überhörte die Aufforderung, und der Knabe mußte die Worte wiederholen, ehe sie in des Dieners Bewußtsein drangen, und nochmals wiederholen, ehe Bewegung in die Starrheit seiner Glieder kam und er sich, mühsam die Muskeln in Fluß bringend und dann wuchtig und gemessen einherschreitend, dem Hof und Hause zuwandte.

Der Graf erwartete ihn. Sein Körper war klein und zierlich, das bartlose Gesicht knabenhaft zart. Mit eingezogenen Schultern, in sich zusammengeduckt, mit den Fingern der einen Hand aufgeregt die Knöchel der anderen niederdrückend, daß sie knackten, den Kopf vorgeschoben und die Augen aufgerissen, daß sich Falten in seine Stirne zeichneten, lauerte er auf das Herannahen seines Dieners. Er saß in einem weiten, aus Eichenholz großzügig einfach gebauten und in seiner Höhe ihn überragenden Stuhl, dessen Seitenlehnen nur den Kopf und einen kleinen Teil der Brust sehen ließen und dessen Mächtigkeit seine Gestalt noch zierlicher und in diesem Augenblick noch trauriger erscheinen ließ.

Man hörte Schritte, und es durchzuckt den Grafen. Die Lage seines Körpers und seine Spannung lösen sich, und breitspurig und gelassen lehnt er sich in seinen Stuhl zurück. Leise ironisch lächelnd tritt mit langsam gleichgültigen Bewegungen der Diener ein. Der Graf streicht sich gelangweilt durch die Haare und beginnt, übermäßig die Silben dehnend, zu sprechen:

»Im Westen, neben dem großen Obstgarten, dort, wo das alte Haus steht –« Als wäre die Rede seinem Mund entglitten, bricht er leise ab, doch rafft er sich auf und beginnt nochmals, unvermittelt, energischen Tones und sich überhastend:

»Dort, wo das alte Haus steht, jenes Stück Land gehört von heute an dir!«

Wladislav schwieg, und der Graf schreit:

»Schweig!«

Er springt auf, und die Fäuste in die Hüften stemmend und den Kopf weit zurückbiegend, um ihm, dem viel Größeren, ins Gesicht sehen zu können, stellt sich der kleine Graf wütend vor Wladislav auf:

»Ich bin dein Herr und darf dir wohl befehlen! Und ich befehle dir, reich zu werden! Besorge alles, wie es sich gehört! Kümmere dich darum, daß alles Notwendige hingebracht wird! Dort, in diesem Hause, wirst du wohnen! Für dich ist's groß genug! – Schweig!«

Der Graf unterbrach sich, um Atem zu holen, dann aber schreit er, aufstampfend, noch lauter:

»Was ist das für ein Gesicht, das du da schneidest?! Ich befehle dir, dich zu freuen! – Schweig!«

Nach einer Pause:

»Nun geh!«

Wladislav war regungslos dagestanden und hatte mit ziellosem Blick in die Luft geschaut; nun schwerfällig sich zum Gehen wendend, biegt er den Kopf nach unten, und während sich sein Mund breit zu einem höhnischen Lächeln verzog, übergießt er von oben herab den Grafen mit Blicken einer stummen, doch unsäglich tiefen Verachtung, die wohl ihm selbst zu tief erschien, als daß er nur hätte versuchen sollen, sie mit Worten auszudrücken. Der Graf hält ihn noch auf und ruft:

»Glaub nicht, es bliebe dir erspart, mir Diener zu sein! Auf deinem eigenen Hofe faul zu sitzen – das würde dir gefallen! Teil deine Zeit und deine Arbeit! – Wer würde mich bedienen? Mich ankleiden? Mich zur Jagd begleiten? Erfüll deine Pflicht und wehe dir! finde ich nicht alles so, wie sich's gehört!« – Der Graf keuchte vor Wut bei diesen letzten Worten.

»Nun geh!«

Wladislav ging.

Graf Wratislav blieb stehen, in Haltung und Gesicht noch alle Merkmale der Empörung, doch horchte er, und kaum waren des Dieners letzte Schritte verhallt, als die lebhafteste Bewegung seinen Körper verwandelte und er, hinaus- und über die Stufen springend, auf den Hof stürzte, um dort Befehle in die Luft zu schreien: und es liefen die Kinder, um von den Feldern die Männer zu holen, und aus den Hütten kamen die Frauen. Für jede hatte er eine Weisung: die eine verschwand im Stall, die andere in der Scheune und jene im Keller; die einen kamen, die anderen liefen; es ging kreuz und quer, wie bei einer Feuersbrunst lief alles durcheinander, und als noch die Männer von der Arbeit kamen, erhöhte sich das Chaos. Wratislav stand festgewurzelt und lenkte unermüdlich die Bewegung. Als erste verließen, Pflöcke auf den Schultern, etwa dreißig Männer den Hof, nach Westen sich strahlenförmig verbreitend. Aus dem Hause trug man Kästen und Tische, aus dem Stalle trieb man Vieh; von einer hohen Scheune wurden Säcke geworfen, von irgendwo Krüge, Teller und

Küchengerät herbeigeholt, aus den Schuppen Pflüge und Wagen gezogen. Dies alles auf den Hof getragen und geführt, war dieser bald erfüllt mit Gegenständen, Tieren und Menschen. In der Mitte, auf einem Wagen, stand Graf Wratislav, ein glücklicher Triumphator, und übersah prüfend diesen Wirrwarr.

Die Wolken waren verflogen, die Landschaft war erhellt. Wladislav war durch die Wälder gegangen, und nun ins freie Land tretend, setzte er sich ermüdet auf einen der Pflöcke, die, frisch in die Erde gerammt, ohne daß er es wußte, sein neues Besitztum begrenzten. Aus starrem Nachdenken erwachend, hörte er Lärm, wandte sich nach dem Hofe und sah einen Zug von Wagen, Menschen und Tieren sich ihm nähern. Er blieb sitzen und ließ ihn an sich vorbeigehen, überhörte alle Zurufe und starrte nur wortlos auf diese Völkerwanderung: eine Schafherde, Pflüge, Ochsen, Pferde, dann viele Wagen, beladen mit allem Hausrat und Feldgerät, Frauen, Körbe und Eimer tragend, Karren, von Männern geschleppt oder geschoben, und wieder Wagen mit Geschirr und Krügen, Frauen mit Kleidern, Männer mit Sätteln auf den Schultern und wieder brüllendes Vieh und knarrende Wagen. Alles wurde an seiner Stelle untergebracht. Fehlte etwas irgendwo, war es bald in

Ordnung gestellt. Am Abend war das Haus bereit zu Wladislavs Empfang. Zwölf Mädchen traten vor, um ihn mit Tanz zu feiern, zwölf Männer sangen einen Chor. Wladislav blieb unbewegt. Dann waren alle verschwunden.

Schwermütigen Schrittes näherte er sich dem Haus und betrat es. Seine Trauer wurde von Staunen durchtränkt: Er besah die dicken Wände, wanderte durch die Räume, hob die Gläser gegen's letzte Abendlicht, befühlte den Stoff der neuen Kleider, klopfte prüfend auf das Holz der Tische, setzte sich aufs weiche Bett und betastete die frische Leinwand. Doch sein Haß schien nicht geschwunden, denn so oft er irgendein Ding ergriff oder berührte, verzog deutlich ein mißachtendes Lächeln seinen Mund, und seine Augen strahlten Hohn: so wollte er jedem Gegenstand einzeln seine Verachtung bezeugen. Dann kam er wieder vors Haus. Er schüttelte, die Zähne fletschend, mächtig wie ein großes Tier, den Kopf, spannte die Brust, und den Kopf verzweiflungsvoll zurückgeworfen, breitete er die Arme und hob die geballten Fäuste drohend und in gewaltigem Zorn zum Himmel. Wieder in sich zusammensinkend, bemerkte er über dem Tor einen Kranz aus frischen Feldblumen. Und da überkam es ihn: Er sprang auf einen Stein und riß den Kranz herunter. Ihn mit den Händen umkrampfend, erhob er ihn vor seine Augen und blickte ihn, als wäre er ein mit Lebensgefahr überwundener Feind, ingrimmig an. Dann warf er ihn in weitem Bogen voller Ekel von sich. Doch als könnte dieser Kranz zu neuer Feindschaft, neuer Kränkung lebendig wieder auferstehen, lief er ihm nach und hob ihn nochmals auf. Mit wilden Gebärden zerriß er ihn in Stücke, und als er bald nichts mehr in Händen hielt, sprang und tanzte er, in ekstatischer Wut die Glieder verrenkend, auf den Resten dieser Blumen, bis nichts von ihnen blieb als Staub und kleine Fetzen.

Wladislav stürmte zurück ins Haus. Im ersten Zimmer packte er, als erstes Ding, das ihm in den Griff kam, einen Stuhl, der, an die Wand geschmettert, in Stücke zerfallen wieder zurückkam. Wladislav raste durch die Räume. Es krachte und dröhnte. Von den Gestellen klirrten die Gläser und Krüge, von den Wänden stürzten die Bilder; Tische wurden gespalten, Kleider und Stoffe zerrissen, kein Ding blieb so, wie es gewesen. Sein wirrer Blick suchte nach anderen Dingen, die Adern traten gewaltig vor, keuchend wogte die Brust. Er blieb stehen, und wie ein Träumender sah er sich um; sein Atem ging schwer, und Wladislav fiel nieder auf einen Stuhl. Er seufzte auf, noch einmal blickte er um sich, Staunen und Ratlosigkeit in den weit offenen Augen, dann stützte er die Arme auf die Knie, ein Beben durchlief den Körper, langsam senkte sich sein Kopf, vergrub sich sein Gesicht in den Händen, und seiner männlichen Brust entrang sich, wild und groß, stöhnendes Schluchzen.

Zweites Kapitel
Der Nelkengeruch

Dumpf und übernächtig durchirrte Wladislav in den nächsten Tagen das Land. Er schlief manchmal kurze Stunden in den Wäldern, und seine Nahrung waren unreife Früchte der Bäume. An seinen Kleidern hing das Moos, und die Stiefel waren bedeckt mit einer Schicht eingetrockneter Erde. Sein Haar strebte in ungepflegten Strähnen zum Himmel, und der Bart, wild und breit, schreckte die Kinder. Er trug im Gehen den Kopf zur Seite geneigt und gesenkt, doch manchmal, auf seiner Wanderung in der Nacht, erstarrte der Gang, er blieb stehen, und dann erhob sich ein fahles Gesicht voll leidender Züge schwermütig-langsam hinauf in den Mondschein. So verging eine Zeit.

Eines Tages begegnete Wladislav einem seiner Bauern und wurde von ihm in einer Sache der Feldarbeit um Rat gefragt. Mühsam mußte er sich seinem Traum entreißen und gab Antwort. Am nächsten Tag durchquerte er, hin und her irrend, seine Felder und seinen Hof. Kaum war er sichtbar geworden, liefen von da und dort Männer heran, um ihn nach manchen Dingen zu fragen, dies oder jenes zu erbitten, manche, um zu berichten oder Klage zu führen. Aus immer weiterem Umkreis kam man herbeigelaufen, und die Zahl der ihn Umdrängenden wuchs zu seinem Erstaunen und zu seiner Qual. Jeder wollte sich von dem kleinen Teil seiner Verantwortung befreien, den er hatte durch Wladislavs Abwesenheit übernehmen müssen. So sah er sich als Mittelpunkt und mußte sich, um all diesen Stimmen Bescheid geben zu können, entschließen, diese Nacht und den folgenden Tag in seinem Hause zu verbringen. Die Stimmen der Menschen und seine eigene Stimme, die nun wieder erklang, und, wie sich's fügte, augenblicklicher Ärger oder ein wenn auch unwilliges Lachen, das ihm der Scherz irgendeines anderen entlockte, dies alles zerriß den Nebel, der sich in der vergangenen Zeit um ihn gelegt hatte, und begann, den Traum zu lösen. Gegen seinen Willen wurde er vom Eifer der ihn Umgebenden selbst in eifrige Tätigkeit gezogen. Wohl war die Sehnsucht lebendig, den Faden jenes Lebens, das er nun bis zu seinem Tode zu führen gedachte, wieder aufzunehmen, sich der Trauer widmend und der großen Enttäuschung seines Daseins hingegeben, doch als die Zeit, die er sich gesetzt, verstrichen war, hatten wieder neue Fragen ihm den Weg verstellt und neue Angelegenheiten sich vor ihm getürmt, so daß er länger bleiben mußte, als es seinem Vorsatz entsprach. Tag um Tag verging, und er sah sich im Netz des Alltags gefangen. Immer hatte er das Gefühl, von dem Menschen, den er am meisten geliebt hatte, verstoßen zu sein, und dachte er auch nicht daran – immer spürte er ein Gewicht in der Brust, als trüge er dort eine Kinderleiche, und als müßte sie durch den offenen Mund entfliehen, hob sich manchmal, auch im Schlaf, während die Lippen sich teilten, schwer atmend die Brust; immer aber war es nur Seufzen, das ihr entströmte. Und immer lag Trauer über ihm, wie eine öde Wolke.

In Augenblicken, da die Luft reiner als sonst, da er erhitzt war vom Eifer der Gedanken, von der Lebendigkeit des Getriebes oder, wozu ihn die Gelegenheit wohl manchmal zwang: von eigener körperlicher Arbeit, in solchen Augenblicken spannte er die Arme, es durchblitzte ihn – alles war verschwunden, und er fühlte sich lebendig.

Als die Früchte seiner Arbeit reiften und er sie vor sich sah, konnte er lächelnde Befriedigung nicht unterdrücken. Seinen trauernden Gefühlen zum Hohn und seinem Willen zum Trotz, dies allzu brutale Leben abzubrechen, das ihn, wie er's empfand, seinem eigentlichen Beruf und Drang entzog: unirdisch seinem Schmerz zu leben, konnte er in sich den ehrgeizigen Wunsch nicht zum Schweigen bringen, die begonnene Arbeit zur besten Vollendung zu bringen und der Natur das meiste zu entnehmen, was sie nur geben konnte. Selbst in immer lebendigerer Tätigkeit, eiferte er die anderen an, und so war er mit einem Teile seines Wesens der Lust der Arbeit und der Freude des Besitzes hingegeben.

Wladislavs Empörung über des Grafen schwarze Tat, wie er sie nannte, wurde gemildert und schmolz dahin vor den neuen Freuden und dem Stolz, den sie ihm bereitet; er dachte nicht mehr nur mit Verachtung an ihn, sondern oft auch schon mit Sehnsucht und Liebe, und bald war er sich dessen bewußt, daß zu seinem Glück nichts mehr fehlte als die alte Freundschaft. Sein Inneres ward beruhigter, die frühere Liebe wieder lebendig, und als gar eines Tages unerwartet der Graf erschien, um seinen Diener demütig um Verzeihung zu bitten, da stand der Versöhnung nichts mehr im Wege. Und die wurde auch unter viel Rührung und mit vielen Umarmungen zum Jubel all derer, die zu ihnen gehörten, gefeiert. Wladislav behielt seinen jungen Reichtum und wurde wieder Diener des Grafen. Seine Zeit war von nun an geteilt in Arbeit und Dienst.

Graf Wratislav saß im Zimmer seines Turmes beim geöffneten Fenster und ließ die Luft der Felder sich entgegenwehen. Die früheren Ereignisse glitten zum Vergangenen und die entstandenen Veränderungen hinüber in die Alltäglichkeit. Die Muskeln entspannt, die Züge schlaff, war des Grafen Körper ganz in träumendem Nichtstun verloren. Zufrieden enteilten die Blicke den Augen und jubelten draußen im Land. Die linke Hand bedeckte leicht das Herz.

Festen Schrittes trat Wladislav ein. Sein Mund, vor Fröhlichkeit grinsend, bis zu den Ohren verzogen, bildete einen roten Halbkreis im braunen Vollbart. Die Augen sahen, vor Übermut herausfordernd und wie schreiend vor Freude, Wratislav an, als wollten sie sich in ihrem Glanz vollends auf den Grafen werfen.

Erwachend lächelte der Graf ihm zu. Wladislav begann, übersprudelnd und während immer eines seiner Worte über das andere stolperte, zu sprechen. Nach des Grafen oftmaligen Fragen, die in der hastigen Verworrenheit der Erzählung den Zusammenhang suchten, das ihm Unverständliche verständlicher machen und in das Chaos der kaum zu Ende gesprochenen Worte, der vielen Ausrufe und der immer neuen Zwischensätze Ordnung bringen sollten, ergab sich die Tatsache folgenden

Ereignisses: Wladislav hatte an einer noch unbebauten Stelle das Unkraut ausgejätet und die Erde umgegraben. Fiel die Hacke in die Erde, erkannte er am Klang der Berührung, daß unter ihm sich Hohlraum dehnen müßte. Er durchgrub den Erdboden und stieß auf einen Gang, der, hier beginnend, unterirdisch weiterlief; Wladislav betrat und verfolgte ihn, bis er am Ende sich zu einem Halbkreis verbreiterte: Und dort lag ein großer Klumpen Goldes. – Das war's, was Wladislav so sehr aus der Fassung gebracht hatte, den Grafen aber zu seinem Erstaunen gleichgültig ließ. Als er geendet hatte, lief Wladislav hinaus, um allen im Hof, Haus und Dorf das Ereignis zu berichten, und bis spät in die Nacht hörte man seine aufgeregte Stimme, und bestimmte Worte hallten immer wieder in die Luft hinaus. Die Männer, die Beine gespreizt und die Fäuste in die Hüften gestemmt, umringten ihn, und mit ihnen, mit überm Bauch gefalteten Händen und die Daumen umeinander drehend, ihre Frauen. Alle hatten den Mund weit aufgerissen, und hier und da hob sich schwarz eine Hand in die Nacht, und schwermütig bekreuzigte sich jemand.

Der Graf war sitzen geblieben. Er legte die Faust aufs Fensterbrett, stützte auf sie das Kinn und schaute hinaus in das sich schon verdunkelnde

Land. Plötzlich hob er den Kopf, legte die Hand an die Stirn und schloß für einen Augenblick die Lider. Betäubender Nelkengeruch erfüllte das Zimmer, schwer und süß umwogte er ihn, daß der Atem ihm stockte. In diesem Geruche badend, diesem Geruche hingegeben, lehnte er langsam den Kopf zurück und genoß die süßen Sekunden. Die Hände lagen weich auf den Knien, der Atem ging langsam und schwer. Die Augen wieder öffnend, sah er um sich – bei der Tür stand, klein, bescheiden und in sich geduckt, eine fremde Gestalt. Der Graf erschrak und starrte sie an. Es war ein schmächtiges Männchen, dessen Körper in einem gerade herabfallenden und bis zur Erde reichenden Mantel von abgebrauchter brauner Farbe versteckt war. Sein Kopf war kahl und sehr zur Schulter hingesenkt. Ein schwarzer Bart, ganz dünn und zart, gleichsam ein hungriger Bart, umrahmte Lippen und Wangen und lief unterm Kinn in eine Spitze aus. Die Wangen waren leichenfarben blaß und ohne auch nur ein rotes Pünktchen; zwischen ihnen die Nase war kurz, dünn und spitz. Die Arme hingen teilnahmlos herab, und die müden Augen blickten sanft und demütig zum Grafen auf.

Noch erschreckt und ein wenig ärgerlich, begann der Graf zu sprechen: »Was gibt es?«

»Hier steht es«, erwiderte leise und mit belegter

Stimme der Fremde. Zugleich hob er ein wenig die Hand und wollte dem Grafen ein beschriebenes Pergamentblatt reichen, doch als traute er sich nicht, war der Arm fest an den Körper gedrückt, und nur die drei ersten Finger, jene, die das Blatt hielten, waren vorgestreckt.

»Was?«

»Hier steht es«, wiederholte er noch zarter, und über sein Gesicht breitete sich, verlegen und freundlich, ein mildes Lächeln.

»Was steht dort?«

Einige Augenblicke stand noch der Fremde, freundlich in des Grafen Anblick versunken, unentschlossen da, dann aber rührte er sich, und schüchtern, als täte er es nur, weil es sein mußte, trat er mit plötzlichem Entschluß schnell drei kleine Schritte vor und reichte dem Grafen das Blatt. Ängstlich zog er schnell wieder die Hand zurück.

Der Graf nahm das Blatt und las es. Alsbald gruben sich Falten in seine Stirn. Mißtrauisch sah er auf den fremden Mann, der sich unter diesen Blicken, ganz klein und ganz scheu, in sich selbst verkroch.

»Was ist das für ein Blatt? Wo hast du's hergenommen?«

»Ich hab's bekommen, ja, ich hab's bekommen. – Dort steht es.«

Er streckte den Zeigefinger der rechten Hand, hinweisend, vor, dann versteckte er die ganze Hand im linken Ärmel, im anderen verschwand die andere Hand, und so, die Unterarme verschränkt auf die Brust gelegt, blieb er nun stehen.

Das Blatt enthielt die Erklärung, daß der darauf Unterschriebene sich verpflichtet hätte, demjenigen, der es ihm überbringen würde, und auf dessen Verlangen, wann immer und wer immer es sei, eine bestimmte Summe, die des Näheren bezeichnet war, zu bezahlen. Darunter stand des Grafen Namenszug und Siegel. Doch dieser war sich dessen bewußt, daß er keines Menschen Schuldner sei, und so stand er schreiend und mit drohender Gebärde vor dem Fremden:

»Gauner! Wo hast du's herbekommen?«

Eingeschüchtert und mit traurigem Lächeln sagte jener mit liebevollstem Vorwurf in der verhauchenden Stimme:

»Aber! Ich hab's bekommen. Ich bin kein Gauner! Ich hab's bekommen. – Hier steht's!«

»Von wem, von wem hast du's bekommen?«

»Ich hab's bekommen«, wiederholte er, schon mit sanfter Verzweiflung in seinen treuherzigen Augen.

»Schwindel! Schwindel!« schrie der Graf.

»Aber hier steht es doch!«

»Das eben ist der Betrug!«

»Ich hab's bekommen.«

Trotz aller Fragen und Drohungen Wratislavs fand der Fremde keine anderen Worte als immer dieselben: »Ich hab's bekommen« und: »Hier steht's.«

Wratislav ging auf und ab, prüfte das Blatt, stellte sich ans Fenster und blickte in die Nacht hinaus. An der Echtheit des Namenszuges und Siegels konnte er nicht zweifeln. Er wandte sich um und sah scharf den Fremden an: Er konnte kein Betrüger sein. Er lief von neuem hin und her, hob die Hände und ließ sie, daß es klatschte, an die Schenkel fallen.

»Das hat der Teufel getan!« rief er aus. – Dann wurde er stiller, sah nachdenklich zu Boden, und ein wenig höhnisch lächelnd, fügte er nach einer Weile hinzu:

»Oder Gott! Für ihn ist ja alles möglich!« Der Fremde senkte schüchtern den Blick zu Boden, hob beide Handflächen abwehrend gegen den Grafen hin – »O – bitte!« hauchte er, und während ein verlegenes, bescheidenes Lächeln seinen Mund verzog, setzte er, als wollte er zurücktreten, den einen Fuß nach hinten.

Der Graf sah ihn an, dann rief er verzweifelt:

»Wo nehme ich's her? Ich habe doch nicht so viel Geld!«

Des Fremden Gesicht erhellte ein Lächeln, das sich um Mund und Augen in unendliche Güte vertiefte. Röte überflog seine Wangen, und sein Blick versenkte sich in den des Grafen. »Es wird sich finden«, sagte er und ging, immer die Füße nach rückwärts setzend und die Arme über der Brust gekreuzt, lautlos zur Tür. Dort beugte er sich feierlich und demütig zur Erde und verschwand.

Der Graf saß beim Fenster; sein Kopf war auf die flache Hand gestützt. Es war Nacht. Ein Windhauch flog vorüber und bewegte das Laub der Bäume, die Büsche unter des Grafen Fenster bogen sich rauschend zur Seite. Irgendwo in der Ferne erklang ein unklarer Ton. Der Mond war von Wolken dicht verdeckt, und auch keines Sternes Strahl durchbrach das Dunkel. Der Wind war verflogen, und es war Stille. Schwerer atmend hob und senkte sich des Grafen Brust, der Kopf fiel mit kurzen Stößen allmählich auf sie herab, beglückendes Wohlgefühl durchbebte den Körper, ein letztes Seufzen, und er schlief ein.

Aus schwerer Traumlosigkeit erwachend, sah der Graf um sich schon hellstes Licht und unter sich, auf dem Hof, das Treiben des Tages. Er stand auf und sah in der Erinnerung an das Geschehene verwirrt um sich, doch da er unten Wladislav erblickte, ging er, um ihm das Ereignis dieser Nacht zu berichten. Je mehr er erwachte und ihm die Einzelheiten wieder auftauchten, desto erstaunter sprach er und mit desto größerem Gefühl des Wunderbaren. Wladislav hörte ernst und gewichtig zu, doch schien er den Beteuerungen des Grafen, ihm wäre der Ursprung dieser Schuld unbekannt und unbegreiflich, nicht glauben zu wollen; im übrigen aber schien er wohl zufrieden, denn er nickte des öfteren und lächelte vor sich hin, dann aber verließ er plötzlich den Grafen und kam schnell, jenen Klumpen Goldes tragend, wieder zurück. Der sollte die Zahlung sein, um die Schuld zu tilgen, und wurde für den Fremden, sollte er nochmals kommen, bereitgelegt. Kaum aber war das geschehen, da stand auch schon, flehend den Kopf zur Seite geneigt und milde lächelnd, der Fremde in der Mitte des Hoftors. Als traute er sich nicht, näher zu kommen, sah er nur ängstlich nach dem Grafen hin. Wratislav winkte, und er setzte sich in Bewegung: Kopf und Oberkörper blieben unbewegt, während er sich, nur die Beine gerade nach vorn setzend, allmählich näherte. »Da!« schrie Wladislav und wies auf das Gold. Der Fremde erschrak, zuckte zusammen und bog sich, als fürchtete er, geschlagen zu werden, zur Seite. Als Wladislav aber nichts dergleichen tat, bückte er sich, faßte das Gold mit fester Hand an und hob es auf; dann kehrte er den beiden, sie nicht weiter beachtend, den Rücken, und ehe einer auch nur ein Wort hatte sagen können, hatte er schon so schnell, als seine Last es ihm erlaubte, den Hof verlassen. Wratislav begriff dies alles nicht und schüttelte den Kopf, Wladislav verzog sein Gesicht zu einer wütenden Grimasse und fluchte. Dann gingen beide durch die Felder und sprachen über das Ereignis, doch da das einzig Sichere, das sie wußten, ihr eigenes Erstaunen und des Grafen Empörung war, sprachen sie immer dasselbe, und so bewegte sich denn ihr Gespräch nur im Kreis. Schließlich aber sagte der Graf:

»Wladislav, du hast mich von dieser wunderbaren Schuld befreit. Ich nahm es hin, doch ist es nur gerecht – dir gehört von heute an noch dieses Stück Landes von dort bis dahin«, und während er dies sprach, beschrieb er mit einer Handbewegung die neue Grenze.

Wladislav war stehengeblieben und tat eine sich wütend dagegen sträubende Bewegung, doch ehe er nur ein Wort sagen konnte, antwortete ihm der Graf mit einem deutlich warnenden Blick, der den Diener an das Vergangene erinnern sollte. Wladislav seufzte auf, und innerlich sich duckend, nahm er hin, was ihm auferlegt war. In diesem Augenblick ihres stummen Gespräches begegnete ihnen der fremde, kleine Mann, näherte sich ihnen und sagte in flüsterndem Ton:

»Ich habe noch nicht gedankt – ich tue es jetzt.« Zugleich beugte er sich zum Kniefall nieder und berührte vor den Füßen der beiden mit feierlichem Kuß die Erde. Dann erhob er sich und erhob die Arme segnend zuerst nach Wladislav, dann zu Wratislav hin, legte beide Hände auf die Brust, verneigte sich tief und ging seines Weges. Auch Wratislav und Wladislav setzten schweigend den ihrigen fort.

Am nächsten Tag wurden die Pflöcke ausgegraben, weiter ostwärts eingerammt, und so ein großes Stück Landes mit Feld und Wald vom Grafen hin zu Wladislav geschoben.

Die Arbeit des Sommers war getan, und die des Herbstes stand bevor. Graf Wratislav stand an der Grenze des ihm gehörigen Landes und schaute befriedigt hinüber nach seines Dieners blühendem Besitz. Ein Mann, nach seiner Kleidung ein Bauer, kam ihm, auf schmalem Rain quer durch die Felder gehend, entgegen. Er war von mittelgroßer und kräftiger Gestalt. Er näherte sich schnell, und bald sah Wratislav auch sein Gesicht: Es war dick, aufgeschwemmt und wie geschwollen, wie bei Menschen, die sehr viel essen und sehr viel trinken, die Haut, wie bei lasterhaften Menschen, dünn und bleich. Die Wangen endeten in schwer herabhängenden Backentaschen, und die Nase, ungeformt, mit vielen kleinen Höckern und ein wenig zur Seite gestülpt, sah aus wie eine verwachsene Gurke. Zwischen den starken Stoppeln eines roten Bartes, von denen das Gesicht übersät war, sah man viele gesprungene Äderchen: rote Pünktchen mit ihren daranhängenden Linien. Die Lippen waren dick und in roher Weise aufgeworfen, und brandrote Haarsträhnen hoben sich herausfordernd und verworren hinauf in die Luft.

Breitspurig und selbstbewußt pflanzte er sich vor Wratislav auf. Seine Stimme, gemein und vom Trunk verdorben, klang heiser und krächzend.

»Ich habe Hunger«, sagte er.

»Nun?«

»Nun?! Gib mir zu essen!« schrie er, und sein Gesicht verzog sich zu einer drohenden Grimasse.

Wladislav sah von der Ferne den Fremden, hörte sein Geschrei und lief herbei:

»Schrei nicht, du roter Igel!« – und voller Erstaunen die Luft einziehend: »Du hast wohl Nelken gefressen, weil du danach so stinkst?«

Der Fremde holte mit der Hand aus, als wollte er

Wladislav schlagen. Zugleich streckte er drohend den Kopf vor, die Lippen schoben sich nach vorn, und die schmalen, grünlichen Augen blitzten böse auf Wladislav hin.

»Was kümmert's dich, du brauner Vollbartaffe, was ich gefressen habe, besoffenes Stinktier, Indianerlaus, Mondkalb, flüssiger Käse, Astronom, Ochsenschwanz, Hirscheuter, Erdenbengel, gebackener Dreck –«

Der Graf unterbrach ihn:

»Geh ins Haus, iß, du kannst bei uns arbeiten!«

Der Bauer wandte sich zum Gehen, etwas brummend und schimpfend, und war schnell verschwunden.

Am Abend zurückkommend, sahen Wratislav und Wladislav schon aus der Ferne vor dem Hause eine aufgeregte Menge. Im Flur des Hauses und im Hofe, zum Tor hindrängend, standen die Männer, Frauen und Kinder und flüsterten geheimnisvoll miteinander. Auch vor einem Fenster, das in ein ebenerdiges Zimmer führte, drängten sie sich und schauten, den Mund aufgerissen, mit ängstlichem Erstaunen hinein.

Am Nachmittag war auf dem Hof ein fremder Bauer – die Beschreibung ließ den Grafen erkennen, daß es jener sein mußte, der auch ihm begegnet war –, der fremde Bauer war auf dem Hof erschienen und hatte grob und einsilbig zu essen verlangt. Man hatte Milch, Brot und Käse vor ihn gestellt, doch kaum hatte er zu essen begonnen, verlangte er mehr und dann immer noch mehr. Der Ton seiner Stimme war befehlend, nichts genügte ihm, was man ihm brachte, und in immer drohenderer Art ließ er herbeischleppen, was nur zu finden war. Schon hatte er eine Stunde mit unheimlicher Schnelligkeit und schon hatte er unzählige Laibe Brot und Käse und unzählige Krüge Milch gegessen und getrunken, und das Bedauern, das man anfangs für ihn gefühlt hatte, wich großem Erstaunen und später wieder dieses der Furcht. Noch immer schien er nicht gesättigt. Wollte man ihm wehren, dann zog er aus irgendeiner, vorher unsichtbaren Tasche große, eiserne Kugeln, mit spitzen Nägeln beschlagen, und zielte, als wollte er sie werfen, auf die Menge. Sein Mund verzerrte sich, wenn er aß, zum Maul, und sein Gesicht zur scheußlichen Grimasse. Die Kunde von dem Erscheinen dieses Menschen verbreitete sich, und alles strömte herbei und bestaunte ihn wie etwas furchtbar Wunderbares. Immer neue Schüsseln mußte man ihm bringen, der Vorrat ging zu Ende – zitternd sagte man es ihm; doch er – nur irgendein Schimpfwort auf den Lippen – erhob sich und ging gelassen, niemanden beachtend, aus dem Hause und über den Hof in den Schweinestall. Dort packte er, als wäre er es so gewohnt, mit sicherem Griff das erste Tier, das ihm in den Weg kam, an den Hinterbeinen, wirbelte es über seinem Kopf im Kreis herum und schleuderte es gegen die Wand, daß es krachend mit dem Kopf gegen den Türpfosten aufschlug. Leblos fiel das Tier zur Erde. Der Bauer durchbohrte es mit einer Stange, und so, wie es war, mit den Eingeweiden, allem Schmutz und allen Stacheln, briet er es über einem Feuer, das man auf seinen Befehl entzündet hatte. Und so verschlang er es. Dann ging er ruhigen Schrittes, als wäre dies alles das Selbstverständlichste, nach jenem andern Stall, in dem die Kühe standen. Er molk die erste Kuh in einen Eimer, geschickt und so, wie es sich gehört. War das Gefäß voll, trank er es aus, und war der Euter leer, ging er zum nächsten Tier. Später tat er es, um sich Mühe zu ersparen, so, daß er sich unter jedes Tier auf den Rücken legte, das Ende des Euters in den Mund schob und auf diese Weise alle Tiere austrank. Die sechsunddreißig Kühe des Stalles waren gemolken, und er wandte sich wieder dem Hause zu, doch im Vorübergehen packte er noch zwei Pfauen, drehte ihnen den Hals um und briet sie über dem Feuer.

Als Wratislav und Wladislav auf den Hof kamen, aß der Fremde schon den zweiten Pfau. Von Sekunde zu Sekunde stieg die aufgeregte Erwartung der Menge, denn man wußte ja nicht, was er nun zu tun sich anschicken würde. Alle hielten ihn für ein Ungeheuer aus einer andern Welt, und man erzitterte bei dem Gedanken an die nächsten Augenblicke. – Wenn er aß, schmatzten die Lippen, schlugen dröhnend die Zähne aneinander, und unheimlich gurgelnde und schnaufende Töne entrangen sich seiner Kehle. Der Graf, hinter ihm kampfbereit sein Diener Wladislav, betrat den Raum. Der Bauer kaute eben den letzten Bissen und spuckte verächtlich die nicht mitverbrannten Federn aus; die beiden, als dränge nichts in seinen leeren Blick, beachtete er nicht. Er schluckte den letzten Bissen, und da erhob sich draußen ein erstauntes, freudiges und immer lauter werdendes Murmeln, denn er lehnte sich, vielleicht gesättigt! behaglich zurück.

Aufatmen der Befreiung aus vieler Menschen geängstigter Brust rauschte vor Tür und Fenster; es verhauchte, dann wurde es totenstill. Alle warteten, während der Fremde, durch nichts gestört und nichts beachtend, den Bauch ein wenig vorgeschoben, auf seinem Platz saß, in tierische Zufriedenheit versunken auf den Boden starrte und die Verdauung ihren Weg gehen ließ. Graf Wratislav öffnete eben den Mund zur Anrede – da aber, in diesem Augenblick rülpste der Fremde so laut und furchterregend, daß draußen die Männer zusammenzuckten und an die Waffen griffen, die Frauen schrien »Jesus Maria!«, und die Kinder liefen heulend weg. Dann legte er sich, schwer die Glieder bewegend, auf die Bank, auf der er gesessen hatte, schloß die Augen, schlief im selben Augenblick ein und schlief bis zum nächsten Mittag.

Doch wie ein Sturm drang der Atem aus der Nase und aus dem Mund schnarchende und gurgelnde Töne. Laut ächzend hob sich die Brust, und grunzend senkte sie sich wieder. Immer lauter wurden die Geräusche und wurden zum dröhnenden Lärm, und immer neue und immer andere ließen die Menschen staunen und sich fürchten. In dieser Nacht schlief niemand, denn wie ferner Donner war es im Dorf zu hören, und im Schloß erzitterten die Wände. Man wagte nicht, ihn zu wecken, denn sein schlafendes Gesicht hatte einen so bösen und grausamen Ausdruck, daß man fürchten mußte, er könnte erwachend etwas Schreckliches tun. In Gruppen vereinigt, standen die Männer beieinander und warteten. Es war so, als wäre von den Wäldern her ein wildes Tier eingebrochen. Dumpfe Spannung lag über allen, und niemand ahnte, was kommen würde, und niemand wußte, was man tun sollte. Doch es geschah nichts, und nach einer bösen Nacht gingen die Menschen, bestürzt und bedrückt, an die Arbeit. Als der Bauer erwachte und den Hof verließ, bemerkte ihn niemand. Wratislav aber sah ihn am Nachmittag friedlich auf einer Wiese liegen und schlafen. Am Abend kam er wieder zurück ins Haus.

Von dem Tage an, da der Fremde erschienen war, beherrschte seine Anwesenheit alle Menschen. Immer mußten Berge von Speisen für ihn bereit sein und Leute, die sie ihm zutragen sollten. Die Mengen dessen, was er verschlang, beunruhigten alle, und die Geräusche, die er von sich gab, hielten alle in Atem. Ging er, dann klang es wie der Schritt eines Riesen, der Boden tönte, und die Bretter bogen sich krachend unter ihm; hatte er gegessen und atmete er auf, war es wie Sturm, und sein Rülpsen wie Donner. Auch gab er noch andre Töne von sich, die so laut und schrecklich waren, daß alle Menschen, erklangen diese Töne, ergrauend sich bekreuzigten.

Ein achtzehnjähriges, blauäugiges Mädchen konnte sich eines Tages, als wieder sein Rülpsen erdröhnte, nicht enthalten zu sagen: »Du hast wohl ein Gewitter verschluckt?« – Sein Gesicht veränderte sich zu dem eines Mörders, wortlos stand er auf – alle wichen zurück –, umfaßte, aus den Augen sprühend und die Lippen böse vorgeschoben, den Leib des Mädchens und warf es im Bogen durchs offene Fenster hinaus. Im Hofe aber, vor diesem Fenster, lag ein Misthaufen, das Mädchen fiel weich, und es geschah ihm weiter nichts Schlimmes.

Das Bedrückendste aber war, daß man in ihm eine andere, ärgere Wildheit ahnte, als die es war, die sich in seiner Gefräßigkeit austobte und in dem Lärm seiner Töne. Sein Gesicht wurde immer grausamer, die Sprache seiner Befehle immer drohender, und jede seiner Bewegungen konnte die erste eines Mordes sein. Man ging mit ihm um, als wäre er ein halbgezähmter Löwe, den man fürchten mußte, da er, bräche eines Tages seine erste, ungezähmte Natur wieder hervor, den Menschen furchtbar werden könnte. Schon hatte er einmal, als eine junge üppige Frau an ihm vorbeigegangen war, geschmatzt und sich die Lippen geleckt.

Graf Wratislav suchte wohl eine Gelegenheit, sich des fremden Bauern zu entledigen, der aber, war er überhaupt im Hause, aß oder schlief, und es hätte gefährlich werden müssen, ihn während des Essens zu stören, und gar gefährlich, ihn aus dem Schlaf zu wecken. Auch sah er ihn täglich gegen Abend, wo immer er ging, im Wald unter einem Baum, auf einem Feld, Garben unter den Kopf geschoben, oder auf einer Wiese. Doch immer schlief er, und Wratislav ging vorbei. Eines Tages aber sah er ihn wachend: Er saß, während die Füße in den Straßengraben hingen, am Rand einer Wiese, hatte eben eine große, grün schillernde Eidechse gefangen, ihren Kopf abgebissen und ausgespuckt und hielt nun ihren Körper, um einen Stock geschlungen, über ein kleines Feuer, aus trockenem Reisig entzündet. Wratislav blieb stehen, und der Fremde erhob, als fühlte er sich gestört, ärgerlich den Blick.

»Nun?« begann Wratislav zu sprechen, »wie geht's?«

»Kusch!« erwiderte der Fremde.

Wratislav lächelte, nach kurzer Weile aber sagte er:

»Du ißt, trinkst und schläfst, und willst du nicht auch, wie wir alle es tun, auch arbeiten?«

Der Fremde kniff die Augen zu und maß durch den Spalt der Lider verächtlich des Grafen Gestalt. Dann aber warf er in weitem Bogen den Stock mit der Eidechse von sich, stand auf, und nach einem plötzlichen, schnellen Sprung über den Graben stand er auf der Straße und näherte sich, während sein Mund sich auftat und Reihen großer und furchtbar starker Zähne sehen ließ, mit gehobenen Schultern, den Kopf zwischen sie gezwängt, den Oberkörper drohend vorgebeugt, mit schleichenden Schritten dem Grafen. Wratislav wich zurück.

»Arbeiten? Arbeiten?« grunzte der Fremde und folgte.

Schritt um Schritt, immer vom andern verfolgt, wich Wratislav zurück, bis auf der andern Seite der Straße ihm der andere Graben den Weg versperrte.

»Ich habe es nicht böse gemeint«, sagte er.

»Arbeiten? Arbeiten?« wiederholte der Fremde, »Du rasierter Affe, du besoffenes Stinktier, Indianerlaus, Mondkalb, flüssiger Käse, Astronom, Ochsenschwanz, Hirscheuter, Erdenbengel, gebackener Dreck –« und schon hob er die Fäuste gegen Wratislav hin, und sein Gesicht, von Zorn gerötet, ward bösartig und gefährlich. Wratislav wandte sich und lief, so schnell er nur konnte, davon; hinter sich aber hörte er stampfende Schritte, die ihn verfolgten. Mit angespannten Kräften und die Möglichkeiten seines Körpers auf die Spitze treibend, lief er die Straße entlang und über Wiesen und Felder, die ganze Landschaft entlang, doch hinter sich immer, wie die eines Ungeheuers, die dröhnenden Schritte. Er verlor den Atem, und ermattet, daß ihn kaum noch die Beine aufrecht hielten, und in den Knien zusammenknickend, blieb er stehen. Zögernd und ängstlich, im nächsten Augenblick gepackt oder niedergeschlagen zu werden, wandte er sich um – der Fremde aber stand weit auf der Straße, die Beine gespreizt, die geballten Fäuste zum Himmel erhoben und ihm aus seinem zum Rüssel vorgeschobenen Mund, jedes einzeln deutlich geformt, Schimpfwort um Schimpfwort nachschleudernd, so, wie man einem Davonlaufenden ruhig und gelassen, wohl zielend, Stein um Stein nachwirft.

Am Abend dieses Tages erweckte der Fremde, dessen Namen man noch immer nicht kannte und nach dem zu fragen sich niemand getraute, den Eindruck eines Verbrechers vor seiner Tat oder eines Menschen, der über ein ihm geschehenes Unrecht brütet und, vom Hunger nach Rache zerfressen, Böses plant. Er aß nicht und ging ziellos herum, in sich versunken und noch weniger, als sonst, jemanden beachtend; sein Gesicht aber schien Gedanken an Furchtbares zu spiegeln. Wratislav wich ihm aus. Der Fremde zog manchmal die eisernen Kugeln hervor, wog sie in der Hand und warf sie spielerisch in die Höhe, oder nahm, als könnte er sie demnächst brauchen, eine schwere Eisenstange prüfend zur Hand; dann wieder beklopfte er die Wände und stemmte sich seitlich gegen eine Mauer, als wollte er das ganze Haus von der Stelle rücken oder es in sich zusammenstürzen lassen. Über allen lag die Atmosphäre der Erwartung eines Unglücks, und als sich der Fremde endlich zum Schlafe niederlegte und bald das Rauschen seines Atems durchs Haus und übers Land strich, fühlten sich alle von einer Gefahr befreit und gingen zu Ruhe.

In der Nacht erwachend, hörte Graf Wratislav in seiner Umgebung ein Knistern und spürte den Geruch von Feuer. Er erhob sich, konnte aber nicht die Quelle des Geräusches finden; doch ward Bewegung im Hause hörbar, und es zeigte sich, daß alle durch das gleiche Knistern in ihrer Nähe und den gleichen Brandgeruch geweckt worden waren. Man suchte und fand nicht die Ursache dieser Wirkung. Das Knistern schien sich zu verbreiten, es steckte in den Wänden, in jedem Tisch und jedem Stuhl, es wurde lauter und erhob sich zum Prasseln. Es war unbegreiflich. Das Licht wurde trübe, als erfüllte Rauch die Räume, in schwererer Atmosphäre atmeten die Menschen schwerer, und als die Luft, immer düsterer, begann, undurchsichtig zu werden, und die Geräusche immer drohender ertönten, verließen alle das Haus. Niemand wußte, was er denken sollte. In Zweifel und Ratlosigkeit standen die Männer und Frauen, vom Schlaf noch umnebelt, vor dem Haus, und eben betraten die letzten durchs Tor den Hof, als auf der rechten Seite des Hauses durch ein Fenster des oberen Stockwerkes unvermittelt, groß und leuchtend eine Flamme ausbrach; doch als wär's nur ein Arm, der sich ausgestreckt und wieder eingezogen hätte, so zog sich auch die Flamme wieder zurück und verschwand. Es herrschte Stille, kurze Augenblicke des Wartens und Staunens, dann stürzte sie, ebenso plötzlich und grell, auf der anderen, der linken Seite durch die Mauer ins Freie hinaus.

Schrei um Schrei ertönte, und die Menschen rannten, doch das Feuer, schneller als Menschenhände und -füße, dehnte und streckte sich ins Riesenhafte aus. Es sprang, sich beeilend, ohne erst einen Weg zu suchen, wunderbar von oben nach unten, von unten nach oben, von einer Seite zur andern, es lief, wie rasend, sie schon bei der ersten Berührung zerfressend, die Mauern entlang, und wo ein Balken, der Teil einer Wand noch unversehrt gestanden, war plötzlich nichts als Flamme. Ehe der erste Versuch zur Rettung unternommen war, gab es kein Haus mehr, nur einen großen Brand noch, der mächtig in der Ebene stand und gewaltig übers Land hinleuchtete. Über dem Dach lief das Feuer in ein Band aus, das im leichten Wind wie eine Fahne flatterte. Die Bewohner des Hauses und Dorfes, alle Bauern, Knechte und Frauen standen rings um die große Flamme, eine Mauer bildend, rot und gelb beleuchtet, schweigend und regungslos; zwischen ihnen Wratislav, staunend und unbewegt, und Wladislav, ärgerlich und böse über diesen Brand, keineswegs aber unglücklich. Er war als erster geschäftig hin und her gelaufen, doch hatte er bald, als er die Zwecklosigkeit einsah, die Bemühungen aufgegeben. – Man hörte im Innern des Feuers die Balken sich biegen und krachend stürzen. Die Flamme über dem Dach senkte sich, und das Gebälk fiel donnernd, die verkohlten Böden der Stockwerke durchschlagend und mit sich reißend, ins Innere des Hauses bis auf die Erde. Der seitliche Turm wankte, fiel über's Haus hin und schlug die Mauern nieder. Das Feuer ward niedriger, und der eine große Brand löste sich bald in einzelne Flammen auf, die, schnell vernichtend, was sie erfaßt hatten, auch schnell sich senkten und dann erloschen; immer mehr der Flammen verloren sich über dem Haufen aus Stein und verkohltem Holz. Bald war, wo das Haus gestanden, nur noch glimmend Schutt und Asche. Einzelne Flämmchen schlängelten sich in die Luft und verschwanden, Funken liefen über die Kohle, und ersterbendes Knistern tönte und erlosch. Die Mauer der Menschen stand wie zuvor. Als erster löste sich aus ihr Graf Wratislav und trat hinüber zu seinem Diener.

»Was liegt daran!« rief er aus, »wir bauen ein neues Haus!«

»Natürlich!« erwiderte fröhlich Wladislav, und seine Augen wurden groß und leuchtend, und sein Mund verzog sich grinsend bis zu den Ohren. »Natürlich bauen wir ein neues Haus! Ach Gott, was liegt daran! Natürlich bauen wir ein neues!«

Das Haus war bis auf den letzten Stein verfallen und bis auf den letzten Balken verbrannt und verkohlt. Man zweifelte nicht daran, daß jener rothaarige Fremde, der so erschreckend viel gegessen und immer ein Dröhnen um sich verbreitet hatte, der eines Tages gruselig aufgetaucht und, wie er erschienen, so plötzlich auch verschwunden war, daß jener Fremde aus Rache oder bösem Trieb, unheimliches Wesen zu unheimlicher Tat gestaltend, diesen Brand verursacht hatte. Als das Feuer ausgebrochen war, hatte man ihn zum letztenmal gesehen: Er war aus dem Haus getreten und war seitdem verschwunden. Auch in der Umgebung sah ihn niemand mehr. Er blieb unauffindbar, und so blieb er ungestraft.

Das nächste Jahr ging dahin, während an Stelle des niedergebrannten Hauses ein neues, größeres und prächtigeres gebaut wurde. Graf Wratislav widmete sich mit vieler Freude der Aufsicht des emsigen Getriebes, das nun anhub. Er ließ seine ältesten Wälder ausroden und kostbare Steine aus dem Süden kommen. Alle Kräfte mußten dem Bau zur Verfügung stehen, und der berühmteste Baumeister seiner Zeit leitete ihn. Auch Wladislavs Sorgen galten dem neuen Haus, und all seine Gedanken richteten sich dahin. Er durchwachte viele Nächte mit dem Grafen, und sie verbrachten die Zeit damit, Pläne zu entwerfen oder sich das Haus, so wie es erstehen sollte, vorzustellen und sich alle Schönheiten und Nützlichkeiten auszumalen. In freudigem Eifer war er immer geschäftig und unterstützte Wratislav mit Aufsicht der Arbeit und mit allen Mitteln, die ihm zur Verfügung standen. Fehlte etwas beim Bau, schaffte er es zur Stelle, und je mehr man seine Hilfe in Anspruch nahm, je größer seine Tätigkeit sein durfte, desto glücklicher schien er zu sein. Konnte man nicht anders seine Arbeit gebrauchen, dann behaute er die Steine oder trug Bretter herbei. In all der Zeit erglänzte sein Gesicht in glücklichster Zufriedenheit, denn es bereitete ihm Genugtuung und Freude, daß er nun immer für den Grafen tätig und seine Kräfte immer für ihn bereit sein durften; ja, er durfte als schönste Frucht seines Besitzes, wie es ihm schien, mit diesem oder jenem seinem Herrn aushelfen, und, immer beschenkt vom Grafen, nun auch dem Grafen schenken. Gedankenlos nahm's

Wratislav hin. Sah man den Vorrat an Holz zu Ende gehen, dann führte Wladislav seine Bauern in einen seiner Wälder, ließ die ältesten Bäume niederhauen und trug, ehe der Graf es noch hatte überlegen können, diesem die frischgefällten Stämme zu. Seine Neugier und fröhliche Spannung wuchsen immer mehr. Es wäre sein größter Kummer gewesen, wenn aus irgendeinem Grund der Gang der Arbeit sich verlangsamt hätte, und je mehr sich das Haus gestaltete, als gar schon die Mauern standen und das Gebälk des Daches über sie gelegt war, mit desto größerer Hast eiferte er alle zu schnellerem Fleiße an. Schon am ersten Tag hatte er alle Arbeiter aus seinem Haus und von seinen Feldern auf des Grafen Hof zum neuen Bau hingejagt. Getreide, schon gemäht, noch nicht nach Hause geführt, blieb draußen liegen, wurde vom Regen durchnäßt und verfaulte auf den Feldern. In diesem Winter wurden die Äcker nicht umgepflügt und im Frühling kaum gesät. Sowohl Wratislavs wie seines Dieners Felder lagen verwüstet, und die Wälder waren ausgerodet, doch keiner der beiden ließ sich's verdrießen, denn im nächsten Jahr, meinten sie, müßte das Land, nun ausgeruht, doppelt tragen, und in zehn Jahren, wo jetzt Lichtung wäre, neuer, frischer Wald gewachsen sein.

Da der Graf und sein Diener, ihrer freudigen Arbeitslust folgend, mit ihrem Eifer und mit allen Mitteln, die ihnen zur Verfügung standen, die Ausführung des Hauses beschleunigten, da ihre Leute, zweckgemäß verteilt, hier die eine, dort die andere Arbeit taten, und während die eine an der Reihe, schon für die nächste und die folgende alles Nötige vorbereitet war, wurde nicht die Arbeitskraft auch nur eines Menschen für einen Tag, für eine Stunde ungenützt gelassen. So stand ein Jahr nach des alten Hauses Vernichtung durch den geheimnisvollen Brand, angestiftet durch jenen seitdem für immer verschwundenen Fremden, größer und prächtiger, glänzend das neue Haus an Stelle jenes früheren. Nun wurden, neu gezimmert und schon lange dafür bereitgehalten, die schweren Kästen und Betten, Tische und Stühle, nun wurden die Gläser und silbernen Krüge, alles Gerät und Geschirr und die neuen Kleider ins Haus getragen, wurden verteilt und an ihren Platz gestellt oder gehängt. Wladislav ging erstaunt, jedes Ding beklopfend und befühlend, durch die Räume, und stolz auf die Vornehmheit seines Herrn, freute er sich der Pracht und des Reichtums.

Als der Herbst begann, wurde unter vielem Jubel und mit großer Festlichkeit das neue Haus eingeweiht, der Graf beglückwünscht und gefeiert.

Nachdem man einige Tage und Nächte gegessen und getrunken, dann einige Tage und Nächte geschlafen hatte, und als die Freude allmählich zur Gewohnheit geworden war und nun auch bald früheren, älteren Gewohnheiten Raum zu lassen begann, trat wiederum, wohl ein wenig verändert, der frühere Alltag ein.

Graf Wratislav durchquerte seit langer Zeit zum erstenmal sein Land, und da sich seine Gedanken wieder der Bebauung und Pflege seiner Felder zuwandten, kam ihm wie sie so anders geworden waren nun erst zum Bewußtsein, und in Erinnerung an die Blüte, in der sie einst gestanden, erfüllte ihn deren Verwüstung mit Trauer. Es war wieder, wie früher, Blüte und reicher Ertrag seiner Arbeit Ziel, doch er sah um sich und sah manchmal nur verfaultes Stroh, den Erdboden bedeckend, sonst nur in den zu trockenen Klumpen verhärteten Schollen die Halme des vorjährigen Getreides oder zwischen den halb verschwundenen Furchen des Pfluges Feldblumen und Unkraut. In Gedanken, wie er wieder gutmachen könnte, was er vernachlässigt hatte, betrat er Wladislavs Besitztum und gewahrte mit um so größerer Bestürzung, daß auch dieses Land, wie sein eigenes, ohne Frucht und Blüte, auch dieses Land nur Einöde war. Hier wie dort hatten sonniges Wetter und Regen vergebens gewaltet, hatte sinnlos die Erde beides genossen.

Er hatte sich, wie er so zwischen seinen eigenen Feldern gestanden war, versucht gefühlt, in Tränen auszubrechen, denn er war sich dessen bewußt, daß ein Stück Landes niemals irgendeines Menschen Besitz und dessen Bebauung nicht allein des Menschen Freude oder sein Beruf, daß es vielmehr, das Land zu pflegen, Pflicht, es aber nicht zu pflegen, Sünde sei; nun aber wurde seine Trauer noch durch das Gefühl der Schuld gegen Wladislav vertieft und durch die quälende Frage, auf welche Weise der Schaden, durch ihn angerichtet, durch ihn auch ausgeglichen werden könnte. Er suchte Wladislav auf, fand ihn bei der Arbeit und führte ihn mit sich durch die Felder.

Wratislav begann zu sprechen:

»Wie traurig sieht das Land doch aus!«

Wladislav sah ihn erstaunt an; er schien sich über dieses Gespräch zu wundern.

»Was liegt daran!« rief er aus und lachte.

»Wie kann ich's wieder gutmachen?« sagte der Graf traurig.

Wladislav riß die Augen auf.

»Du hast in diesem Jahr keine Ernte, deine Wälder sind verwüstet, deine Bauern haben für mich gearbeitet. Ich will's nicht erst zusammenzählen, was ich dir schulde; ich nehm's als Ganzes hin. Doch nimm, da ich nichts anderes besitze, mein Land dafür!«

Wladislav blieb stehen. Es durchzuckte ihn, er setzte zu einer Bewegung mit den Händen an, öffnete den Mund, doch er fand keine Worte, und so starrte er nur den Grafen an. Auf seiner Stirne bildeten sich Tropfen von Schweiß. Der Graf konnte ein Lächeln nicht unterdrücken.

»Nun ja!« sagte er.

Wladislavs Brust begann sich zu heben und zu senken, seine Augen liefen verwirrt hin und her, und man sah es seinem sich verzerrenden Gesicht an, daß er vor einem Tränenausbruch stand.

»Ich behalte diesen Winkel dort,« sagte der Graf, in die Ferne weisend. »Er ist groß genug und genügt mir.«

Noch erstarrt vor Schrecken und schon mit verschleierter Stimme, hauchte Wladislav entsetzt: »– nein! – «

Beide schwiegen. In gespannter Atemlosigkeit wartete jeder auf des andern Worte, doch es blieb still. Plötzlich aber, unvermittelt, warf sich Wladislav, wie von fremder Hand hinaufgeschnellt, mit seiner ganzen Fülle in die Luft, und wieder zu Boden sinkend, trampelte er, wie manchmal Kinder es tun, heulend und schreiend auf der Erde. Jedes seiner Glieder warf sich hin und her, die Fäuste bewegten sich schnell und immer schneller auf- und abwärts, in rasender Wut schüttelte er den Kopf, und mit Aufwand all seiner Kräfte schrie er immer dazu:

»Ich will es nicht! Ich will es nicht!«

Der Graf stand abwartend daneben. Wladislav heulte und tanzte unablässig, doch allmählich hob er, in den Knien ermüdet, weniger die Füße, die Fäuste liefen langsamer und blieben, während die Arme schlaff herunterhingen, schließlich unbewegt; er schüttelte nur noch leise den Kopf, sein Geschrei wurde zum Wimmern, und endlich blieb er, keuchend und in sich zusammenknickend, ermattet stehen.

»Ist es nicht gerecht so?« begann der Graf freundlich, »schulde ich dir denn nicht –«

Wladislav schlug fassungslos die Hände ineinander und warf den Kopf zurück.

»Aber so viel!« schrie er, »Aber so viel!«

»Es ist ja nichts wert«, erwiderte der Graf.

»Aber so viel! Aber so viel!« schrie Wladislav. Er schüttelte verzweifelt den Kopf, und sein Blick war voller Entsetzen zum Himmel erhoben.

»Und was werden Sie nun tun? Und wie darf ich so reich sein? Ich bin doch ein Diener! Ich bin doch nichts! Ich bin doch ein Lump! Und was werden Sie nun tun? Kein Land mehr, und Sie werden hungern müssen, und Sie werden vielleicht stehlen müssen, und Sie werden – –«

Der Graf unterbrach ihn: »Wirst du mir nicht helfen, wenn ich arm sein und hungern werde?«

»Ja! Ja! Aber was werden Sie nun tun? Sie werden hungern müssen und vielleicht – –«

Der Graf legte die Hand auf seine Schulter. »Es wird sich finden«, sagte er und ging weiter. Wladislav schlich neben ihm, gebückt, mit hängendem Kopf, ihn von Zeit zu Zeit, in Gedanken versunken, hin und her bewegend. Seine Augen waren gerötet, sein Gesicht verweint, noch atmete er schwer und erweckte den Eindruck eines Menschen, der eben, von einem Unglück furchtbar getroffen, für immer niedergebeugt worden ist. Plötzlich blieb er stehen; er erhob wie aus dem Traum den Kopf, legte in traurigster Ratlosigkeit die Hände ineinander, und seine Mienen verzogen sich, langsam und dann schneller, wieder zum Weinen; die Hände vors Gesicht werfend, begann er zu laufen. Er ließ Wratislav hinter sich, und aufschluchzend stampfte er davon.

Von diesem Tage an war Wladislav anders. Nachdenklich und in mürrischer Versunkenheit, schien er immer von einer Sorge gequält. Den Blick zu Boden gesenkt, neigte sich sein Kopf immer abwärts, mit müdem Gang schlich er ziellos hin und her und sprach nur, wenn's notwendig war, kurze Worte. Er hatte, als wäre er zu müde und kraftlos, um Widerstand nur versuchen zu können, geschehen lassen, was Wratislav befohlen hatte, und war nun Herr über fast alles früher dem Grafen gehörige Land; doch er kümmerte sich um keine der vielen Angelegenheiten, und so mußte Wratislav alle Befehle statt seiner erteilen und alle Arbeit statt seiner tun. Die einzige Tätigkeit Wladislavs war die, den Grafen zu bedienen. Er tat es pflichteifrig, wie früher, und war beflissen, es an nichts fehlen zu lassen, doch blieb er immer schweigsam, und trotz sichtbarer Mühe konnte er sich nicht entschließen, in des Grafen Gesicht zu sehen oder gar freundlich mit ihm zu sprechen.

Wratislav hoffte wohl auf eine Änderung in Wladislavs Wesen, doch dieser, immer bedrückt von irgendeinem Gedanken, blieb unverrückbar in seinem Zustand und unwandelbar in seiner Trauer. Seine Wangen waren bleich, sein Bart nicht mehr so voll, die Augen bewölkt, und so schien es, als wäre er älter geworden und als wäre er, voll verlorener Hoffnungen und für die Zukunft hoffnungslos, des Lebens müde. Sah er den Grafen von weitem, wich er ihm aus, und begegnete er ihm, wandte er seine Augen scheu zur Seite. Wohl bemühten sich alle um ihn, die ihn kannten, doch er, verhärtet und erstarrt, beantwortete alle freundlichen Worte mit mürrischem Brummen, alle Geschenke mit Gleichgültigkeit und einen Scherz oder Gelächter mit einem erstaunten oder traurigen Blick.

Der Winter verging trübe und für alle verwölkt durch Wladislavs unglückliches Wesen, und auch als im Frühling ein regeres, arbeitsameres Leben begann und alles, wie die Natur, so auch die Menschen, anders wurde, blieb er unverändert, und nicht nur ungetröstet, sondern auch, wie's schien, – als läge alles Glück und Unglück und alle Bewegung, die sein Leben erfüllen könnte, schon hinter ihm – trostlos für alle Zeiten. Man erzählte ihm vom Stand seiner Felder, die in diesem Jahr doppelt schnell und doppelt reich gediehen, doch von allem unberührt, hörte er kaum zu. Es gab keine Nachricht, die ihn froher, doch es gab auch keine, die ihn noch trauriger machen konnte. So ließ es ihn denn auch gleichgültig, als eines Tages ein Teil seiner Felder, vom Hagelschlag getroffen, verwüstet und vernichtet wurde.

Schwer und dunkel, schnell größer werdend, wälzte sich von Osten her eine Wolke heran. Sturm begann zu wirbeln, Staub flog auf, Rauschen des Windes, die Felder neigten sich, die

Bäume bogen sich, und schon stand, am Himmel ausgebreitet, die Wolke über des Grafen letztem Rest Landes und über einem Teil von Wladislavs Feldern. Dicht und laut aufschlagend, vom Boden zurückgeworfen und wieder aufspringend, fielen die Körner. Halm um Halm wurde getroffen und geknickt. Unregelmäßig und unordentlich gemäht lag bald alles Getreide. Nach wenigen Minuten zog, gelichtet und dünner, die Wolke, schnell kleiner werdend, westwärts weiter. – Wladislav scherte sich nicht um die Verwüstung seiner Felder, doch auch des Grafen Land, sein letzter Besitz, war für dieses Jahr vernichtet, seine Felder und Wiesen ohne Frucht und Ertrag. Er besaß nun nichts mehr als sein Haus.

Freudig hingegeben, doch ohne Freude zu stiften, lag Wratislavs Land nun gleichsam herrenlos da, und er selbst war nicht nur arm, sondern stand auch traurig und ohne Freund in der Welt. Wohl wurde das Haus, wie früher, reich geführt, und wann immer er sie brauchte, fand er neue Kleider und neue Vorräte, doch er wußte wohl: Er zehrte von Wladislavs Besitz, und bedrückt von dieser Schuld, beschämt vor seinem Diener, mußte er dies alles hinnehmen, wollte er leben.

Betroffen von dem Unglück seines Herrn, knickte Wladislav noch mehr in sich ein, und es schien geradezu, als wäre er kleiner geworden. Viele Stunden stand er täglich, sie betrauernd, vor den zerschlagenen Feldern. Wohl diente er Wratislav noch eifriger als früher und lauerte auf jede Bewegung, auf jeden Schritt, den er für den Grafen tun könnte, achtete darauf, ihm auch die kleinste Mühe zu ersparen, sorgte dafür, daß alles im Hause geschah, was dem Grafen genehm war, daß seine Lieblingsspeisen aufgetragen wurden, daß nichts sich rührte, wenn er schlief, und daß immer neuer Zeitvertreib für ihn bereit sei; doch er tat dies alles mit niedergeschlagenem Blick und, näherte sich Wratislav, mit abgewandtem Kopf; oft entlief er, nur um den Grafen nicht sehen zu müssen. Doch lief ihm dieser nicht mehr, wie früher, nach, um ihn zu trösten, denn selbst zu traurig, um eines andern Menschen Trauer aufheitern zu können, von Wladislavs Besitz lebend und zugleich von Wladislav bedient, Herr jenes Menschen, der ihn ernährte, schlossen sich, wenn er ihn sah, auch seine Lippen wehmütig, seine Blicke senkten sich, und er sah aus, als wollte er sich in sich selbst verkriechen. Er mied seines Dieners Gegenwart, und war sie nicht zu umgehen, schien's Qual für ihn zu sein; er schwieg, und versuchte er zu sprechen, klang seine Stimme heiser und belegt. Begegnete einer dem andern, dann schlichen sie, die Augen zu Boden gerichtet, scheu aneinander vorüber, und es schien ihnen leichter zu fallen, miteinander zu schweigen, als miteinander zu sprechen. Beobachtete man sie, dann mußte man denken, daß es zwei Feinde seien, deren jeder, ein Verbrechen gegen den andern auf dem Gewissen, des andern Blicke fürchten muß.

Und nun geschah es noch zu des Grafen Qual, daß von Zeit zu Zeit der oder jener, beim Bau des Hauses Wratislavs Gläubiger geworden, auf dem Hof erschien, um seine Schuld einzutreiben. Wladislav tilgte alle Schulden, doch es bereitete ihm keine Freude mehr, und Wratislav, nicht reicher dadurch, sein Diener aber ärmer, ward immer mehr in sich gekehrt und immer düsterer. Er schien von Zweifeln geplagt und mühsam, doch ohne zum Ziel zu kommen, immer über irgend etwas nachzudenken und zu grübeln. Er wußte wohl, daß er die Schuld gegen seinen Diener, wenn er auch alles hergeben würde, was er noch besaß, nicht mehr ausgleichen könnte, und doch, immer beschenkt, von einem andern ernährt, schämte er sich, auch nur das geringste zu besitzen, und so gab er denn Wladislav, nachdem er ihm dies alles gesagt, auch seine letzten Felder, den letzten Wald und alles, was zu diesem und jenen gehörte. Wladislav nahm's, so niedergedrückt, daß nichts mehr ihn niederdrücken konnte, ungerührt hin, und als der Graf geendet hatte, schlich er, wie er gekommen, schweigend und in sich geduckt, davon.

So war's geschehen, daß des Grafen ganzer Reichtum zu Wladislav hinübergeglitten, und er selbst, nun arm, gezwungen war, von seines Dieners Überfluß zu leben.

Drittes Kapitel
Der Kampf

Wratislav war nun auch von seinem letzten Besitz befreit und dadurch von einer Qual erleichtert. Er erschien für einige Tage heiterer und war wieder darauf bedacht, auch seinen Diener dem Trübsinn zu entreißen. Doch noch immer Wladislavs Schuldner, empfing er auch noch täglich neue Geschenke, die er als solche des Mitleids ansehen mußte und die er jemals zu erwidern nicht hoffen konnte; so verfiel er selbst bald wieder seiner Schwermut. Er sah, wie Wladislavs Reichtum langsamer, als es hätte sein müssen, anstieg, weil der Aufwand des Hauses, für ihn selbst getrieben, einen großen Teil des Ertrages verbrauchte. Währenddessen lebte Wladislav, der immerzu Schenkende, wie ein Bauer dahin, sich selbst immer nur als Diener betrachtend, und als den Zweck seines Lebens: dem Grafen Mühe zu ersparen, jeden Tag erfreulich zu gestalten, ja, für ihn die kleinsten, niedrigsten Dienste zu tun, als wäre er der Letzte, Ärmste der Menschen und er selbst der vom Grafen immer Beschenkte. – In sich versunken, von Zweifeln geplagt, schlich der Graf untätig umher. Die beiden sprachen nicht mehr miteinander. Ihre Züge waren die der Trauer, ihre Blicke die des Schuldbewußtseins.

Endlich, der Zweifel überdrüssig und, wie es schien, mit sich im klaren, flackerte wieder Licht in des Grafen Gesicht und Leben in seinen Augen auf. Festeren Schrittes ging er einher, sich um dies oder jenes bekümmernd. Seine Stimme klang voller, Atem der Regsamkeit, Rhythmus der Lebendigkeit bewegte seine Gestalt, und über Nacht hatte der Schatten der Trauer sich von ihm gehoben.

Er saß in der Mitte des Saales und hatte um seinen Diener geschickt. Wladislav trat ein, und traurigen Tones begann der Graf zu sprechen:

»Wladislav«, sagte er, »du weißt es, daß ich dir gut, mehr als das: daß ich dir immer Freund war. Wohl konnte ich deine Dienste so, wie es gerecht gewesen wäre, nicht belohnen, doch es zu tun war immer mein Wunsch, und ich habe getan, was in meinen Kräften stand. Nun aber steht nichts mehr in meinen Kräften – ich bin arm! Das Unglück hat mich verfolgt, und ich besitze nichts mehr als dieses Haus – wer aber kann's brauchen inmitten von fremdem Land? – Was soll ich tun? Wie soll ich leben? Ach, hilf mir, Wladislav! Ich müßte, wenn du mir nicht hilfst, verhungern oder gar stehlen! Du bist reich – beweise mir deine Freundschaft, hilf mir und nimm mich, nimm mich als deinen Diener auf!«

Der Graf legte bittend die Hände ineinander und schaute demütig zu Wladislav auf. Der hatte den Kopf erhoben und lachte seit langer Zeit zum erstenmal. Belustigt schaute er in des Grafen Gesicht, in der Erwartung, auch dort ein Lächeln zu finden; doch fand er es nicht und fand nur Ernst in dessen Zügen. Er versuchte nochmals zu lachen, doch es gelang ihm nicht. Er wurde verlegen, denn es mißfiel ihm offenbar, diesen unheimlichen Scherz zu lange auszuspinnen. In des Grafen Zügen, die er mißbilligend betrachtete, änderte sich nichts, und so schüttelte er erstaunt, ja, besorgt den Kopf und verließ nach einer wegwerfenden Handbewegung, unfreundlich etwas brummend, das Zimmer. – Am Nachmittag trug er, wie er es zweimal täglich zu tun pflegte, auf einem großen Brett die Schüsseln, mit Speisen gefüllt, zur Mahlzeit in den Saal. Er brachte immer die Schüsseln auf ihren Platz und stellte sich selbst dann zur rechten Seite des Tisches hinter den Stuhl, auf dem der Graf zu sitzen pflegte – diesmal aber, als er den Saal betrat, war der Tisch zur Mahlzeit schon bereitet, mit Speisen bestellt, und zu seiner linken Seite hinter dem Stuhl, jenem Platz gegenüber, den Wladislav immer eingenommen hatte, stand in der Haltung des Dieners Graf Wratislav.

Wladislav erstarrte in der Tür. Der Graf rührte sich nicht. Als wäre er zu Stein geworden, regungslos, betrachtete ihn Wladislav wie eine Erscheinung aus fremder Welt. Allmählich wie aus einer Ohnmacht erwachend, sah er staunend und als fände er sich nicht zurecht, die Stirne runzelnd um sich und sah in des Grafen Gesicht. Dann senkte er den Kopf, legte die Hand auf die Stirn und schloß die Augen: Er schien über den Anblick dieses gespenstischen Bildes nachzudenken und sich mühsam zum Erwachen zu zwingen. Und plötzlich besann er sich auch, und als wollte er dies alles abschütteln, ging er schnell und festen Schrittes zum Tisch hin, stellte die Schüsseln nieder und sich selbst, wie immer, hinter seinen Stuhl, blieb stehen und wartete. Die beiden standen, jeder den leeren Stuhl vor sich, einander gegenüber.

Der Graf erhob einigemal erstaunt den Blick zu Wladislav, einige Zeit verging, dann hob er langsam die Hand und wies einladend auf den leeren Platz vor sich. Wladislav ahmte die Bewegung nach und erhob ebenfalls seine Hand. So geschah es noch öfter, von Zeit zu Zeit. – Geduldig und unbeirrt stand der Graf in dienstbereiter Stellung, hie und da durch einen Blick oder durch eine höfliche, diskrete Bewegung Wladislav zum Beginn der Mahlzeit auffordernd. Der ahmte dem Grafen in allem nach und versuchte wohl die gleiche Höflichkeit und Zurückhaltung der Bewegungen, konnte aber nicht verhindern, durch deren ungewollte Heftigkeit seine Ungeduld zu verraten. Die Zeit verging, und sie traten, wohl schon ermüdet, von einem Fuß auf den anderen. Wladislavs Blicke strahlten Zorn hinüber, doch der Graf beachtete sie nicht und blieb wie zuvor. Nach einer Weile hob er ganz leise eine Schüssel, auf der ein gebratener Hase lag, als wollte er Wladislav auf ihn aufmerksam machen. Wladislav entriß ihm, um dasselbe zu tun, mit kurzem Ruck die Schüssel und hob sie, wie dieser, zart dem Grafen zu in die Höhe; doch seine Ruhe kaum mehr bewahrend, ließ er sie krachend niederfallen. – Sein Gesicht zuckte; von Zeit zu Zeit verzog es sich, die Brauen schoben sich, die Stirne in Falten legend, nach oben, der Mund, zur Seite verzerrt, öffnete sich ein wenig, die Augen hatten einen verzweifelten Ausdruck, und nach alldem sah es aus, als wollte er weinen; doch die Fäuste ballend, beherrschte er sich und brachte das Gesicht wieder zur Ruhe. Der Graf schien Wladislavs Empörung nicht zu bemerken und stand, zwar nicht mehr in der Erwartung, Wladislav bedienen zu dürfen, und doch, um seine

Pflicht zu erfüllen, bewegungslos da. Er war ein wenig zusammengeknickt und schaute geistesabwesend vor sich hin; seine Haltung wurde schlaffer. Wladislav dagegen wurde durch Aufregung wach gehalten: in flehender Verzweiflung sah er, während er sich bemühte, durch Bewegungen oder leise Geräusche, die er mit dem Stuhl entstehen ließ, Wratislavs Aufmerksamkeit auf sich zu lenken, zum Grafen hinüber; immer öfter entstellte sich sein Gesicht, und immer schwerer konnte er dessen Muskeln beherrschen. Nun war schon lange Zeit vergangen. Wladislav seufzte unglücklich auf, der Graf hob den Kopf, und so kam es, daß sie einander in die Augen sahen: der Graf teils gleichgültig, teils erstaunt, Wladislav vorwurfsvoll und haßerfüllt; dann senkte der Graf wieder seinen Blick, Wladislav aber sandte den seinen wie in verzweifeltem Gebet nach oben. Er betrachtete lange den Grafen, der unbewegt und teilnahmslos zu Boden schaute, mit traurig-fragenden Augen, doch da er keine Antwort zu bekommen schien, rührte sich endlich seine ganze Gestalt: Er hob den Stuhl, der vor ihm stand, in die Höhe und stieß ihn krachend wieder zur Erde. Dann verließ er, Gang und Gestalt vom Jammer verzerrt, den Saal.

Der Graf hatte erschrocken aufgeschaut, nun blieb er noch eine kurze Weile stehen und ging dann hinüber in jenes Zimmer, in dem das Gesinde zu essen pflegte. Dort aber saß schon Wladislav auf seinem Platz, das Gesicht noch voller Wut und Trotz und die Bissen mit kurzen heftigen Stößen zum Munde führend. Wratislav setzte sich ihm gegenüber und aß. Sie schwiegen, und Wladislav war sichtlich bemüht, den Grafen nicht zu beachten.

Am Abend wiederholte sich der gleiche Vorgang. Diesmal hatte wohl Wladislav als erster den Tisch zur Mahlzeit bereitet und stand als erster auf seinem Platz, doch dann kam Wratislav, schaute, nicht anders als mittags sein Diener, erstaunt auf Wladislav hin, stellte auf den Tisch das Geschirr und sich selbst dann hinter den Stuhl.

Des Grafen Geduld kämpfte mit Wladislavs Wut, und seine Gelassenheit blieb standhaft gegen seines Dieners manchmal bittende und verzweifelte, manchmal zornsprühende Blicke. Auf den Kampf vorbereitet, blieb mit größerem Trotz Wladislav diesmal länger stehen. Wiederum wurden von beiden stumm die gleichen Bewegungen vollführt, und als die Zeit dahin gelangt war, befiel die gleiche Erschlaffung den Grafen, sprach sich, in seinen Gebärden und Zügen, Wladislavs innere Wallung immer deutlicher aus. Beide taten dasselbe: Sie standen auf ihrem Platz – doch der eine in passiver Stärke, der andere in aktiver Kampflust, und an des Grafen durch nichts zu erschütterndem Gleichmut scheiterten Wladislavs Wildheit und Trotz. Nachdem lange Zeit vergangen war, schien er, vom Zorn innerlich geschwächt, unter seiner Verzweiflung zusammenzubrechen: Er knickte in sich ein, drehte sich um und schlich davon. –

Wratislav hatte für seinen Diener, ohne daß dieser es gewußt hätte, in ein großes, lichtes Zimmer des Hauses ein neues, breites Bett stellen lassen und Tisch und Stühle und alle anderen Möbel, ähnlich jenen, die er selbst immer benützt hatte. Neben dieses Bett stellte er sich nun, da es schon spät war, in der Erwartung, daß Wladislav bald müde werden und sich zur Ruhe legen würde. Er wartete, um jenem, käme er, beim Auskleiden behilflich zu sein. So hatte es auch Wladislav immer getan, und so stellte er sich, wie immer, auch heute bereit, ihn zu bedienen, neben des Grafen Bett. Sie standen in gleicher Geduld in der Nacht wie am Tage. Da Geräusch im Hause nicht mehr hörbar war und Wladislav auch nicht wußte, was der Graf, jetzt noch wachend, anderes tun könnte, schien er bald Wratislavs Plan erraten zu haben. Die gleichen Merkmale seines Jammers, wie am Tage und Abend, tauchten auch nun in des Dieners Gestalt und Gesicht auf, doch unbeobachtet und, wie er den Grafen betrachtete: fern seinem

Gegner, und also: fern jedem Anlaß, Stolz an den Tag zu legen, gab er sich in Augenblicken des Erwachens aus seinem Staunen und Brüten offener seinem Schmerze hin.

Einige Stunden waren vergangen, und beide – Wladislav voll Wut und vor Ungeduld vergehend, Wratislav in ruhiger Gelassenheit – beide kamen auf den Gedanken, den anderen zu belauschen. Sie verließen leise, vorsichtig auf den Fußspitzen gehend, ihren Platz und das Zimmer und näherten sich schleichend jenem zweiten, in dem einer den anderen vermutete. In der Mitte des Weges begegneten sie einander. Sie erkannten die gegenseitige Absicht, blieben stehen, sahen einen Augenblick einer dem andern ins Gesicht, doch dann drehten sie sich um und gingen wieder, stumm und verbissen, zurück auf ihren alten Platz. So geschah es noch ein zweites Mal im Laufe der Zeit.

Die Nacht verging, und als schon der erste Beginn des Tages durch die Fenster leuchtete, sank jeder der beiden, abgequält vom Wachen und Warten, willenlos durch die Ermüdung, auf das Bett des anderen nieder. Sie kämpften gegen den Schlaf, und bei jedem Ton, den vielleicht der Wind verursacht hatte, zuckten sie zusammen, in der Erwartung, der andere könnte doch noch kommen, hoben den Körper ein wenig und sahen erschreckt und angstvoll auf das zerdrückte Bett; und als sie allmählich der Bewußtlosigkeit verfielen und ihre Augen sich schlossen, glätteten noch immer ihre Hände, schuldbewußt und unermüdlich, die zerknüllten Tücher und Decken. Endlich, als schon die ersten Geräusche im Hause hörbar wurden, ergaben sie sich und schliefen.

Am nächsten Tag schien Wladislav sich in einer Betäubung zu befinden.

Wratislav war fröhlich aus dem Bett gesprungen, und immer leise Melodien vor sich hin pfeifend oder summend, schien er sich aller Menschen und Dinge zu freuen. Wohl immer der Befehle Wladislavs gewärtig und bereit, ihnen auf der Stelle zu folgen, ging er dennoch, da er keine zu hören bekam, unbeschädigt, sorgenlos und unbedrückt umher. Er war nur, um seinem neuen Herrn beim Ankleiden behilflich zu sein und nach seinen Wünschen zu fragen, am Morgen nach dem Erwachen in jenes Zimmer geeilt, in dem Wladislav die Nacht verbracht hatte, doch hatte dieser es schon verlassen und war nirgendwo zu finden. Dann hatte er, schnell sich Wladislavs Gewohnheiten anpassend, dies oder jenes zu dessen Bequemlichkeit vorbereitet und später am Nachmittag zur gewohnten Stunde den Tisch für die Mahlzeit gedeckt, die Speisen gebracht und hatte gewartet. Doch da

Wladislav nicht kam und der Graf auch wußte, daß er den Hof verlassen hatte, trug er bald die Schüsseln wieder ab, ging vors Tor und legte sich dort, behaglich die Glieder reckend, in den Sonnenschein, um so seines Herrn Rückkunft zu erwarten.

Wladislav kam erst am Abend zurück. Während Wratislav sich vors Tor legte, stand er mitten im Feld und schien, den Kopf gesenkt, mit der Hand in schwerem Nachdenken über die Stirne streichend, quälendem Brüten hingegeben zu sein. Er hatte nur wenige Stunden geschlafen und war noch unausgeruht am frühen Morgen erwacht, sofort sich einer Sorge erinnernd und von einem Gedanken bedrückt, der zu Ende gedacht sein wollte. Grübelnd betrat er den Hof und blieb stehen. Von Zeit zu Zeit murmelte er ein Wort, und manchmal entfuhr ihm in lauterem Ton eines, ohne daß er es wußte. Man erriet, hörte man im Vorbeigehen diese Worte, daß er über den Grafen und dessen wunderbares Verhalten nachdachte: Er schien nicht im klaren zu sein, ob dies alles ein Scherz, ob es ein Spiel sei, teuflisch erfunden, um ihn zu quälen, oder Wahnsinn des Grafen. Er stand in Gedanken versunken bald da und bald dort, schwerfällig von einem Platz zum andern schleichend, immer jemandem im Wege, da er nicht beachtete, was um ihn vorging. Vom ganzen Getriebe gestört: von Fragen, die an ihn gerichtet waren, von Zurufen, vom Lärm der Arbeit und Gespräch der ihn umgebenden Menschen, fand er nicht die Ruhe, die er für seine alles andere als ihren Gegenstand vergessende Nachdenklichkeit zu brauchen schien. Er verließ den Hof und ging ins Freie. Dort stand er hier und dort im Felde und gab sich weiter und unablässig seiner Versunkenheit hin. Endlich, als er, aus dem Gefängnis seiner Gedanken befreit, zur Besinnung erwachte und um sich sah, war es Abend. Er spürte wieder sich und seinen Körper, spürte, daß er hungrig sei, kehrte um und wandte sich dem Hofe zu. Als er sich näherte, lag Wratislav vor dem Tore, doch sobald er Wladislavs ansichtig wurde, sprang er hastig vom Boden auf und erwartete ihn in devoter Haltung des Dieners. Zugleich trat er gleichsam aus Ehrerbietung einen Schritt zurück, um jenem den Weg freizugeben. Er wartete offensichtlich auf den Augenblick, da Wladislav nahe genug gekommen wäre, daß er ihn grüßen könnte. Wladislav blieb stehen; er erkannte des Grafen Absicht, dachte eine Sekunde lang nach, dann aber wandte er sich und ging, in seinen Zügen ein höhnisches Lächeln der Überlegenheit, wieder hinaus ins Freie. Wratislav legte sich wieder zu Boden.

Den Tag über ohne Speise und Trank, kehrte Wladislav, vom Hunger getrieben, nach einer halben Stunde zurück. Da es dunkel geworden war, mußte er nahe herankommen, ehe beide einander erkennen konnten. Der Graf, jetzt in der einen Hand ein Stück gebratenes Fleisch, in der anderen ein Stück Brot, legte beides neben sich und stand auf; Wladislav aber wandte sich im selben Augenblick, diesmal ohne erst stehen zu bleiben, in zorniger Bewegung mit dem Fuß aufstampfend und alle Zeichen der Wut an seinem Körper, nochmals um und lief davon. Doch der Hunger quälte ihn, er fühlte, wie Schwäche ihn überkam, und so lief er denn, um nicht gesehen zu werden, in weitem Bogen nach rechts hin, bis er an die seitliche Mauer des Hofes kam. Er überkletterte sie, eilte ins Haus und stillte seinen Hunger.

Wratislav wartete vergebens auf die abermalige Rückkehr seines neuen Herrn und verbrachte den größten Teil der Nacht im Freien. Erst spät, bevor der Morgen begann, schlich er ins Haus und horchte an Wladislavs Zimmer nach dessen Atemzügen; doch waren keine zu hören. Er öffnete die Tür, fand das Zimmer leer, und so betrat er es, um zu warten. Wladislav stand schon, seitdem er das Haus erreicht und sich gesättigt hatte, in des Grafen Zimmer. An seinen Gebärden war es zu erkennen, daß sein Brüten ans Resultat gekommen war, doch vom Druck der Gedanken, von der Spannung seines Zweifels befreit, sah er sich nun der neuen Qual preisgegeben, dies Resultat vor sich sehen zu müssen: Er schien eingesehen zu haben, daß des Grafen wunderliches Benehmen weder ein Spiel, wie er gehofft, noch ein Scherz sein konnte, sondern Ernst der wirklichen Bereitschaft, von nun an nichts anderes zu sein als des anderen Diener. Er wand sich einmal im Zorn, einmal im Schmerz; doch als es Tag wurde, schien es, als hätte er alle Ausbrüche seiner Empörung überwunden: Er stand breitspurig im Zimmer, Trotz in seiner Gestalt, Kampflust in seinen Zügen, die Faust geballt und erhoben. – Und als am Morgen die Stunde dafür gekommen war, ging er, seine Empörung und Kampfbereitschaft hinter scheinbarer Gelassenheit verbergend, hinüber in jenes Zimmer, in dem Wratislav halb angekleidet neben dem Bett stand, auf das er am frühen Morgen zu kurzem Schlaf niedergesunken war. Wladislavs Betragen schien zeigen zu wollen, daß er des festen Willens sei, sich durch nichts beirren zu lassen. Nach höflichem, aber trotzigem Gruß näherte er sich zielbewußt und energischen Schrittes dem Grafen und schickte sich an, ihm beim Ankleiden behilflich zu sein; und ohne ein Wort zu sagen, begann er damit. Er hob einen Stiefel, der mitten im Zimmer stand, vom Boden auf, ging zum Grafen hin, und auf einen Fuß niederkniend, hielt er ihm den offenen Schaft entgegen, so daß jener, hätte er gewollt, nur hätte hineinzuschlüpfen brauchen. Wratislav aber tat so, als sähe er es nicht, ging hinaus und holte, da Wladislav auch die seinen noch nicht an den Füßen hatte, dessen Stiefelpaar: Er kniete selbst vor dem knienden Wladislav nieder und hielt ihm einen Stiefel entgegen. So hatte jeder vor seinem Gesicht die Öffnung seines Stiefels. Einen Augenblick war's still, doch dann runzelte Wladislav die Stirn und schob mit befehlender Geste den Stiefel näher an den Grafen heran; der tat dasselbe; Wladislav versuchte nun, ihn über den auf der Erde stehenden Fuß zu ziehen, da das aber unmöglich gelingen konnte, hob er mit plötzlichem Ruck der einen Hand das Bein des Grafen; der aber erwiderte auf gleiche Art und hob mit schneller Bewegung Wladislavs Bein in die Höhe; jetzt zog Wladislav des anderen Fuß zu sich heran, der Graf tat's auch, und nun versuchten beide, sich einander zu entziehen, und es kam bald so, daß sie einander hin- und herzogen, dann einer den anderen durchs Zimmer zerrte und schleifte, und schließlich, Arme und Beine ineinander verwickelt, das Gesicht des einen bei den Füßen des anderen, beide sich auf der Erde wälzten. Wladislav, als der Stärkere, hatte zuerst sein Ziel erreicht, doch da entriß sich ihm der Graf, und um ihm zuvorzukommen, schlüpfte er, so schnell er nur konnte, in seine Stiefel. Wladislav mußte zusehen. Er starrte, als wäre dies alles ein Traum, auf den Grafen hin und stand langsam auf. Dann aber raffte er sich zusammen und fragte, als sollte dies die Rache sein, nach des Grafen Befehlen; doch dieser schrie voller Wut, mit der Hand nach der Tür weisend, in befehlendem Ton: »Nichts! Geh!« – Wladislav verließ das Zimmer, kaum aber war er ins andere gekommen, erschien dort im Rahmen der Tür Wratislav, um des anderen Befehle entgegenzunehmen; so, wie jener es getan, schrie Wladislav laut und in glühendem Zorn: »Nichts! Geh!« Zugleich deutete er befehlend nach der Tür, und Wratislav verschwand.

So begann für beide nun ein widernatürliches Leben. Von ihrem Willen nicht abweichend und ihn täglich und stündlich zum Trotz erhärtend und diesen Trotz, gereizt durch den Widerstand des anderen und erzürnt über die eigene Unzulänglichkeit, zur Verbissenheit steigernd, konnte keiner hoffen, den anderen zur Nachgiebigkeit zu zwingen; und doch unablässig zu diesem Ziel hinstrebend und unbeirrt in ihren Bemühungen, es zu erreichen, wichen sie einander nicht aus: Einer suchte den andern und versäumte keine Gelegenheit, auf irgendeine Art zu zeigen und durch eine Handlung oder eine Bewegung zu beweisen, daß er auf seinem Recht bestehe, sich für des anderen Diener zu halten, und daß er gesonnen sei, die Konsequenzen dessen bis ins letzte zu verfolgen. Ihre Gedanken waren davon in Anspruch genommen und ihre Zeit davon beherrscht. Sie vernachlässigten ihre Arbeit und alle Dinge und Tätigkeiten, denen sie sich zu ihrer Freude hingegeben, und ihre frühere Art, Tag und Nacht zu verbringen, ward gestürzt, und eine neue Art begann: sinnlos, dem Streit gewidmet, ermüdend und erzürnend.

Beide lungerten einen großen Teil des Tages und der Nacht im Hof herum und warteten darauf, ihre Kampflust toben zu lassen. Mit Absicht kreuzte einer des andern Weg, um ihm mit besonderer Ehrerbietung ausweichen zu können. Manchmal stellte sich einer der beiden, den Blicken der Vorbeigehenden verborgen, hinter eine Mauer oder eine Hecke: Näherte sich, nichts ahnend, der zweite, dann sprang jener erste plötzlich aus seinem Versteck hervor, verneigte sich bis zur Erde, und ehe der andere sich besinnen und Anstalten treffen konnte, seinerseits mit doppelter Ehrfurcht den versäumten Gruß nachzuholen, hatte der erste ihm schon den Rücken gekehrt und lief davon. Selbst immer Pläne schmiedend, Überfälle planend und vom Siege träumend, mußte jeder sich in jedem Augenblick vor Überfällen des andern fürchten: vor einem geleisteten Dienst, einer Höflichkeit oder ehrerbietigem Gruß.

Ihr Leben war in allem gestört; denn was sie taten, geschah für den Streit, und was sie in Angriff nahmen, kam nicht zur Vollendung, weil überall der Kampf sich einschlich und Schranken über den Weg jeder Tätigkeit legte. Sie verblieben in ihrem hartnäckigen Schweigen, und da ihr Zorn keine Befreiung in Worten fand, entlud er sich in ihrer Beharrlichkeit, ihrem Trotz und in der Wildheit ihrer Blicke. Beider Kampflust erhöhte sich gleichmäßig, und da des einen immer wachsende Wut gegen die immer wachsende Härte des andern vergebens anrennen mußte, stieg beider Trotz zu steinharter Verbissenheit an, beider Zorn zu verzehrender Größe, der jedoch in dieser unentschiedenen Art kein Genüge finden konnte und eines Tages andere Wege zu seiner Entladung suchen mußte, als es die bisherigen waren; und eine Katastrophe schien unvermeidlich.

Beider Gesicht war magerer geworden, beider Wangen waren bleich; ihre Augen glänzten wie im

Fieber. Ermüdet und übernächtig, hielt nur ihr Zorn und Wille sie aufrecht. Von der Apathie der Ermattung befallen, vom Fanatismus des Streites verzehrt, war ihr Kopf auf die Brust und ihr Körper in sich zusammengesunken, die Glieder schlaff, der Gang war schleppend und ihr Gebaren voller Müdigkeit und Trauer. – Wollte der eine arbeiten, erlaubte es der andere nicht, und wollte er draußen in den Feldern nach der Arbeit sehen, folgte ihm sein Freund, um ihm ehrerbietig Auskunft und Rechenschaft zu geben, und so ließ er auch das; wollte er sich zur Ruhe legen, bereitete ihm der andere das Bett, und er verzichtete auf den Schlaf; machte einer, als Diener, dem andern den Vorschlag, dies oder jenes zu seinem Vergnügen zu tun, hörte es der andere als Diener und nahm die Worte als Befehl. So kam es auch, daß sie einmal an den Fluß gingen, um zu angeln: Jeder trug das Fischgerät des andern, und als sie an die betreffende Stelle kamen, warfen sich beide zugleich zu Boden, wühlten die Erde auf, suchten und hielten endlich, einer dem andern, zwischen Zeigefinger und Daumen einen Regenwurm entgegen; so standen sie einander gegenüber, während sich der Wurm um die Finger ringelte und während von Zeit zu Zeit ein großer, dicker Fisch, an der Oberfläche des Wassers erscheinend, sich ihnen zeigte; sie wiesen mit Blicken und Zwinkern der Augen einander hin, zuerst leise, dann voller Wut – währenddessen verschwand der Fisch langsam in der Tiefe.

So war, was sie taten, Karikatur, und so blieb, was sie begannen, immer Fragment, und es war ihr Leben, Tag für Tag, und jeder Tag in allen seinen Teilen ein Kampf. Es war des einen wie des andern glühendster Wunsch, dem andern Mühe zu ersparen, dem andern Freude zu schaffen, dem andern Hilfe zu sein – unzähligemal bot jeder sich dem andern an, und unzähligemal wehrte jeder ab. So verging die Zeit, und sie lebten so, einer des andern

Diener, keiner des andern Herr.

Doch ihre Augen blitzten schon, des Streites müde und doch noch ganz ihm hingegeben; bedrückt von der Last ihrer Sehnsucht und von der Sehnsucht wieder emporgehoben, erschlafft an Kräften, ungepflegt an Körper und Kleidung, schlichen sie, bedauernswerte Gestalten, schattenhaft im Hofe hin und her und wußten nicht, in welchen Winkel sie sich, um aufzuatmen, zur Ruhe niederlegen sollten.

Eines Tages fragte Wladislav den Grafen – vielleicht, um sich wieder einmal durch die Art, mit der er es tat, als Diener zu präsentieren, vielleicht, um dem Grafen oder sich selbst Ablenkung in der Öde der Untätigkeit zu verschaffen – er fragte den

Grafen, ob's ihm nicht gefällig wäre, an einem der nächsten Tage auf die Jagd zu gehen. Doch Graf Wratislav nahm's seiner Stellung entsprechend nicht als Einladung, vielmehr als Befehl, und selbst im Tone eines Dieners sprechend und in der Meinung, diese Zerstreuung müßte Wladislav Vergnügen bereiten, schlug er vor, gleich am nächsten Morgen die Jagd zu beginnen. Nun seinerseits sich verneigend, nahm Wladislav diese Weisung entgegen.

So zogen sie, wie's natürlich war: jeder die Flinte des andern tragend, am nächsten Morgen aus, um im Süden, in den Wäldern, zu jagen. Kaum aber hatten sie den Hof verlassen, vermißte Wladislav den Grafen neben sich – er drehte sich um und sah ihn hinter sich. So war er selbst immer hinter dem Grafen gegangen, um nie den Anschein zu erwecken, als wollte er sich seinem Herrn gleichstellen. Nun sich umwendend, sah er den Grafen einen Augenblick prüfend an, als wollte er erfahren, ob sein Zurückbleiben Absicht oder Zufall wäre. Doch kehrte er ihm wieder den Rücken und ging weiter; bald aber blieb er stehen – da erstarben hinter ihm die Schritte, er ging weiter, und sie erklangen wieder. Da sprang Wladislav, ohne sich zu besinnen und ohne sich erst umzudrehen, schnell zwei Schritte rückwärts, um hinter den

Grafen zu kommen; der aber antwortete auf gleiche Art und hüpfte auch seinerseits zwei Schritte zurück; Wladislav wiederholte den Sprung und der Graf den seinen und dann Wladislav und dann der Graf, und so geschah es noch einigemal, und sie waren wieder im Hofe, von wo sie ausgegangen waren. Sie schienen ermüdet von dieser ungewohnten Art, sich zu bewegen, und von der sich steigernden Hast, mit der sie es taten, und ihr Atem ging schwerer; doch keiner gesonnen, nachzugeben, blieb auch keiner stehen. Sie setzten quer durch den Hof ihren Lauf fort und sprangen weiter immer nach rückwärts, durchs andere Tor wieder hinaus.

Immer schneller gingen die Sprünge. Jeder spannte seine Kräfte an, als hinge Unerhörtes von diesem Wettlauf ab. Beider Gesicht war verzerrt, der Mund geöffnet, und in schweren Strömen floß der Schweiß von ihrem Gesicht. Sie stießen sich, um die Weite jedes einzelnen Sprunges auszudehnen, mit gewaltiger Kraft von der Erde ab, streckten die Beine und warfen den Körper rückwärts, unzähligemal einander kreuzend und unzähligemal einander überholend; dann wieder versuchten sie, die Länge der Sprünge nicht weiter beachtend, durch Schnelligkeit einander zuvorzukommen. Doch immer blieben sie auf gleicher

Höhe. Schon keuchten sie leise, dann lauter und grunzend, der Körper war nach vorn gebeugt, die Augen matt und geistesabwesend, halb geschlossen, sie schienen die Beine nicht mehr strecken, kaum mehr bewegen zu können, und ihre Sprünge wurden kürzer und wurden langsamer. Schnaufen drang aus ihrer Nase, Rasseln erklang in beider Kehle, sie knickten ein, und nur mit Mühe verhinderten sie, daß sie zu Boden fielen; doch als hoffte jeder auf die schließliche Erschöpfung des andern, sprangen sie weiter und setzten weiter diesen unnatürlichen Wettlauf fort. So waren sie, die nach dem Süden, in die Berge, um zu jagen, ausgegangen waren, nach Norden, in die Ebene gekommen und schleppten sich, verkrümmt, zu Tode ermattet, zwei Besessene, rückwärts durch die Landschaft. Und endlich, als hätten sie nun auch den letzten Rest ihrer Kräfte verbraucht, beherrschten sie ihre Glieder nicht mehr, und gegen ihren Willen, das Gesicht schweißtriefend und mit totem Ausdruck die Augen geschlossen, nach Atem ringend, die Knie eingeknickt, den Oberkörper vornüber gebeugt, daß die Hände fast den Boden berührten, blieben sie stehen. Bejammernswerte Erscheinungen, verharrten sie in dieser Haltung.

Sie richteten sich auf. Wladislav, noch immer stöhnend, das Gesicht von Wut und Verzweiflung entstellt, starrte den Grafen an. Er ballte die Fäuste und fletschte die Zähne. Dann trat er einen Schritt näher an den Grafen heran und streckte drohend den Kopf vor. Seine Hände zitterten, der Atem ging schwerer, und wieder hob sich seine Brust schneller und stärker. Er rückte zum Grafen hin und gab krächzend irgendeinen Laut von sich, während sich sein Gesicht weiter bis zur Grausamkeit verzerrte. Jammer und Haß zugleich sprachen aus seinen Zügen; er schien vernichtet; und da geschah's: Er riß die Augen auf, holte aus und schlug dem Grafen ins Gesicht.

Als Wladislav seine Hand wieder zurückfallen lassen wollte, erstarrte sie in der Luft. Seine Augen weiteten sich, und es sah aus, als erwachte er aus einem Traum. Ratlos und unendlich erstaunt blickte er um sich; er suchte nach Worten, doch als er sie endlich gefunden zu haben schien und etwas sagen wollte, fand er keinen Ton und rang um seine Stimme. Entgeistert stand er da. Endlich legte er beide Hände träumerisch auf sein Herz, schloß die Augen und sagte mit zartem Lächeln:

»O Gott! Herr Graf! Was habe ich getan! Verzeihen Sie!«

»Ich habe nichts zu verzeihen!« erwiderte der Graf.

Wladislav riß die Augen auf.

»Wie?« rief er in fassungslosem Schrecken und die Hände zum Himmel erhebend: »Wie?! Sie hätten mir nichts zu verzeihen! O Gott!«

»Der Herr«, sagte der Graf und lächelte sieghaft, »der Herr darf ja seinen Diener schlagen!«

»Wie?!« schrie Wladislav auf, »O Gott! Ich habe Sie geschlagen! Verzeihen Sie es mir, daß ich Sie geschlagen habe! Sie müssen mir verzeihen!«

»Sie dürfen mich doch schlagen«, erwiderte der Graf.

»Nein! Das darf ich nicht! Bei Gott! Das darf ich nicht! Es ist ein furchtbares Verbrechen! Verzeihen Sie mir!«

»Ich habe nichts zu verzeihen!«

»Doch! Doch!« jammerte Wladislav und rang die Hände: »Ich habe Sie doch geschlagen! Sie müssen mir's verzeihen!«

Der Graf schüttelte den Kopf. Wladislav stampfte in ratloser Verzweiflung mit den Füßen auf der Erde: »Verzeihen Sie's mir!« brüllte er. »Ich bitte Sie darum!« Schon außer sich, faßte er den Grafen an der Schulter. Wratislav aber schüttelte zum zweitenmal den Kopf. Wladislav rüttelte den Grafen hin und her, und im Takt dazu brüllend, betonte er jedes Wort in befehlendem Ton:

»Sie müssen mir verzeihen, daß ich Sie geschlagen habe! Ich bitte Sie darum!«

»Nein«, rief Wratislav und lachte höhnisch auf. Da schien es Wladislav zu übermannen. Er hielt im Rütteln ein und stieß den Grafen von sich. »Ha! Elender!« brüllte er: »Ich bin der Diener, und Sie müssen's mir verzeihen! –« Er machte eine Pause und hob die Fäuste: »Verzeihen Sie mir – oder –« Er wußte nicht, was er sagen sollte. Der Graf schüttelte zum drittenmal den Kopf und zeigte also, daß er nicht gesonnen sei, ihm zu verzeihen. Da griff Wladislav mit der einen Hand nach ihm, rüttelte seinen Körper, und mit der andern Hand schlug er den Grafen zum zweitenmal; er prügelte ihn, und jeden Schlag begleitete er mit einer Silbe: »Ich will Ihnen doch zeigen, ob Sie's mir verzeihen werden! Ich bin der Diener, und – Sie – sind – der – Herr!«

In besinnungslosem Zorn schlug er den Grafen, bis seine Hände ermüdet von ihm abließen und dann leblos niederfielen. Keuchend vor Empörung und Aufregung zugleich, stand er da, das Gesicht noch in der Verzerrung seiner Wut, und starrte mit geistesabwesendem Blick den Grafen an. Plötzlich warf er beide Hände, daß sie laut aufschlugen, an die Stirne. »O Gott!« rief er, wandte sich und lief davon. Er rannte, bald die Hände vor dem Gesicht, bald mit den erhobenen Armen durch die Luft fahrend, blindlings dahin, und so unnatürlich laut schluchzte und heulte er auf, daß es über die Felder weithin hallte. Er wankte, stolperte, fiel nieder, sprang wieder auf, blieb atemlos stehen und rannte weiter. So taumelte er wie ein Betrunkener, und wie von etwas Furchtbarem gehetzt, durch die Landschaft.

Wratislav war stehen geblieben. Nun rieb er die schmerzhaften Stellen seines Körpers, dann wandte auch er sich, und mit einem Lächeln auf dem vor Zufriedenheit strahlenden Gesicht ging er nach Hause. Hungrig geworden und sich der Mahlzeit freuend, die ihn erwartete, betrat er, behaglich sich reckend und elastischen Schrittes, das Haus und das Zimmer, in dem er zu essen pflegte; doch auf der Schwelle blieb er stehen: In der Mitte des Zimmers saß schon, das Gesicht in den Händen, die Arme auf den Tisch gestützt, Wladislav einsam, ein Bild des Jammers und der Verzweiflung. Unaufhaltsam drang Schluchzen aus seiner Brust, und erschüttert von seinem Schmerz, erbebte der Körper.

Aus des Grafen Gesicht entschwand die Heiterkeit: Er sah nach Wladislav hin und schüttelte den Kopf. In seinen Zügen spiegelte sich Mitleid. So stand er, von Wladislav unbemerkt, eine Weile da, und sein Gesicht verdunkelte sich in Trauer. Er schien in Zweifeln, schien zu überlegen, und endlich entschloß er sich: Er trat auf Wladislav zu, legte sanft die Hand auf dessen Schulter und sprach ihn an. Im gütigen Ton des Mitleids:

»Wladislav«, sagte er, »so geht's nicht weiter!«

Wladislav hob den Kopf mit seinem verweinten und unglücklichen Gesicht und sah den Grafen zuerst erstaunt und erschreckt und dann traurig an.

»Nein!« sagte er und seufzte auf, »so geht's nicht weiter!«

Wratislav lächelte, setzte sich dann ihm gegenüber an den Tisch, und beide sahen einander lange an.

»Nun«, begann der Graf zu sprechen, »so geht es nicht weiter – und wie soll's werden?«

»Ja, wie soll's werden?« seufzte Wladislav.

»Ich bin nicht der Herr.«

»Ich auch nicht!«

»Mir gehört nichts.«

»Mir auch nicht!«

Und sie blieben still und sahen traurig vor sich hin.

»Es wäre besser«, sagte Wratislav, hob den Kopf und sah unglücklich zu Wladislav hinüber, »es wäre wahrlich besser, es gäbe gar kein Haus und keine Felder!«

»Ja! Es wäre besser!«

Aus beider Brust kam schweres Seufzen, und sie verstummten wieder.

»Was aber sollen wir damit tun?« fragte der Graf in verzweifeltem Ton.

»Was wir damit tun sollen?« schrie Wladislav. »Verbrennen!« schrie er voll wilden Zornes. »Verbrennen! »

»Und wir? Wie sollten wir leben?«

»Ja! Wir –« Wladislav erschrak. »Wir werden hungern müssen!« rief er aus, »und wir werden vielleicht stehlen müssen!«

Der Graf dachte nach, dann sagte er:

»Nun«, sagte er, »wir müßten's vielleicht nicht. Gewiß würden wir Menschen finden, die uns das Nötigste schenken.«

»Ja!« rief Wladislav, »gewiß werden wir sie finden! Es gibt so viele gute Menschen!« Von seinem Gesicht verschwand das Unglück, es heiterte sich auf, und er erwachte zu neuem Leben.

»Nun«, sprach der Graf weiter, »soll wirklich dies alles keinem von uns beiden gehören?«

»Keinem! Keinem von uns beiden!«

»Und was sollen wir dann tun?«

»Weg von hier! Weg von hier!«

»Wohin?«

»Gleichgültig!« rief Wladislav, »gleichgültig! Nur weg von hier! Weg von hier!«

In seiner Stimme klang Hoffnung und Jubel.

»Arm? Heimatlos?«

»Ja! Arm! Heimatlos! So ziehen wir miteinander aus! Dann gibt's keinen Streit und keinen Zorn mehr! Ziehen wir weg! Ziehen wir weg!«

»Und das Haus?« fragte Wratislav, »und die Felder?«

»Ja, das Haus und die Felder – ? – doch was kümmert's uns?! Ziehen wir weg, ziehen wir weg!« bat er innig, die Hände kindlich ineinandergelegt, »ziehen wir weg!«

»Dann gäbe es«, sagte der Graf, und mildes Lächeln verklärte sein Gesicht, »dann gäbe es keinen Streit mehr und keinen Zorn!«

»Ziehen wir weg!«

»Und in Eintracht könnten wir zwei ein freundlicheres Leben führen!«

»Ziehen wir weg! Ziehen wir weg!«

»Und alles wär' anders.«

»Ziehen wir weg! Ziehen wir weg!«

Eine kurze Stille.

»Ja!« sagte der Graf. »Ziehen wir weg!«

Wladislavs Augen öffneten sich weit, und über beider Gesicht breitete sich Lächeln des Glücks; die Arme auf den Tisch gelegt, Körper und Kopf zurückgebeugt, blieben sie stumm. Dann aber rührten sie sich, und mit leisen Bewegungen standen sie auf; beglückt, von großer Qual befreit. Sie breiteten die Arme, und mit einem Aufschrei des Jubels stürzten sie einander an die Brust.

Viertes Kapitel
Das Dorf

Jenes Gespräch, in einem Augenblick der Verzweiflung und Trauer von Wratislav und Wladislav geführt, sein Inhalt mehr Traum als Absicht, verdichtete sich in ihnen im nächsten Augenblick zum sicheren Plan. Und gleich am nächsten Morgen nach dieser Nacht begannen sie, ihn zu verwirklichen. Glücklich über ihre Rettung, der abgrundtiefen Feindschaft zu entgehen, und im Jubel ihrer Versöhnung und wiedergefundenen Liebe, beeilten sie sich, um ihre neue Freundschaft zu besiegeln und daß nichts mehr ihre Eintracht stören könnte, in hastigem Eifer, alle Vorbereitungen im Haus zu treffen, die getan sein mußten, bevor sie es verlassen könnten.

Der größte Teil des Landes wurde unter die Bauern verteilt, der Rest war bestimmt, der Erhaltung des Hauses zu dienen, und das Haus selbst, nach beider Übereinkunft, den Kranken und Greisen ein Zufluchtsort zu sein. So wurden denn Betten gezimmert und in die Räume gebracht, alles bereitet und Frauen bestellt und unterrichtet, wie sie die Kranken pflegen müßten.

Den Tag, da sie den Ort ihres Kampfes und Hasses verlassen könnten, mit glühender Sehnsucht erwartend, ließen sie keinen Tag und keine Stunde ungenützt, und alle Kräfte mußten dienen, ihn schneller herbeizuführen. Der Garten ums Haus wurde vergrößert, mit Lauben, sonnigen Wiesen und schattigen Bäumen für die Genesenden. Wo ihre Geduld, wie sie wußten, nicht ausreichen würde, die Verwirklichung dieses oder jenes Planes abzuwarten, hinterließen sie Befehle, wie er ausgeführt werden sollte. Hastige Tätigkeit entfaltete sich überall, bewegteres Leben, von Wratislav und Wladislav geleitet, erfüllte jeden Winkel, und jede Arbeit, freudig begonnen, ward schnell und mit Freude ausgeführt. Bald war alles zu Ende gebracht, was man begonnen hatte. Als letztes wurde ein Zaun um den Garten geführt und vor sein Tor als Pförtner ein bärtiger Bauer gesetzt.

Alles war bereitet, und Wratislav und Wladislav sahen sich vor der Erfüllung ihres Wunsches. Bevor sie das Haus verließen, durchschritten sie noch einmal dessen Räume. In einem der Zimmer, für einen Kranken hergerichtet, blieb Wratislav, aufs Bett hinschauend, in trauriger Nachdenklichkeit stehen.

»Wer wird«, sagte er, »wer wird in diesem Bett wohl liegen? Vielleicht ein Greis in seinen letzten Augenblicken –«

Wladislav seufzte auf.

»Vielleicht«, fuhr der Graf fort, »ein Kind, zu Tode krank. Die Mutter wird am Rand des Bettes sitzen und weinen. O Gott, vielleicht starb ihr schon ein Kind, und sie kennt den Jammer, ein Kind begraben zu müssen –«

Wladislavs Augen wurden feucht, und er nickte trübsinnig mit dem Kopf.

»Ja«, seufzte er auf, »und vielleicht starben ihr gar schon zwei –« Er schwieg. »– oder noch mehr!« fügte er traurig hinzu. Er ließ unglücklich den Kopf hängen und dachte nach: Ein Gedanke schien sich in ihm zu entwickeln, zu wachsen und ihn zu erschrecken. Seine Augen wurden röter, sein Gesicht verzog sich, und plötzlich die Hände vors Gesicht werfend und aufheulend – »Oder gar zwanzig!« schrie er, erbebend und in fassungslosem Kummer.

Wratislav faßte ihn freundlich am Arm und entführte ihn.

Dann nahmen sie Abschied. Von hundert Grüßen begleitet, von hundert Händen gesegnet zogen sie aus.

Man weiß nicht, wohin sie gingen und in welchen Gegenden und Ländern sie ihr Leben verbrachten, niemand ist bekannt, was sie in dieser Zeit an Abenteuern, was sie an Schönem oder

Traurigem erfahren hatten. Fragte man sie später, als sie wiedergekommen waren, was sie erlebt hatten, dann antworteten sie: »Nichts«, und auf die Frage, wovon sie sich ernährt hätten: Es gäbe ja, wie sie es nicht anders erwartet hatten, viele gute Menschen auf der Welt. – Ihr Schicksal in dieser Zeit ist dunkel. Sie zogen wohl ohne Ziel und Plan auf Straße und Straße, von Ort zu Ort. Ohne Wunsch und Begierde, weil ihr einziger Wunsch, miteinander in Eintracht zu leben, in Erfüllung gegangen war, von keiner Leidenschaft gehetzt, weil ihre einzige die war, einander Freund zu sein, mag wohl ihr Leben in ruhigem Glück vergangen sein. Jahr um Jahr verfloß, und weder einander noch dieses Lebens überdrüssig, setzten sie's fort. Sie zählten weder Tage noch Jahre und wurden nicht älter. Ihre Haut war dunkler geworden, üppiger blühte ihr Bart, und ihre Augen, groß und klar wie die eines Kindes, spiegelten kein Schicksal; ihr Blick, still und gelassen, war der eines Unwissenden, eines nichts Ahnenden, eines wahrhaft beruhigten Menschen. Dahingleitend auf dem Strom ihres unbewegten Daseins, durchtränkt von der Zufriedenheit, die, wie jene des Schlafes, sich selbst nicht ahnt, ließen sie sich von Ort zu Ort, von Land zu Land, von einem Jahr ins andre tragen, und ihr Leben war das eines stillen Tieres oder

Baumes, als hätte jener Strom nicht Quelle und nicht Mündung. – So war ein Jahrzehnt vergangen, schnell sich erfüllend, reihte ein zweites sich an, und endlich empfanden sie den Wunsch, ihre Heimat wiederzusehen. Sie müßten nun, wie sie meinten, wohl andere Menschen und alles anders finden, als sie es verlassen hatten, und doch gaben sie ihrem Wunsche nach, fragten sich durch die Länder, bis sie nach Böhmen kamen, und fanden dann den Weg nach Haus.

An einem milden Sommertag, windstill und sanft von der Sonne beschienen, näherten sie sich auf freundlichem Weg durch üppige Landschaft in stummer Erwartung dem Dorf. Niemand hatte ihre Schritte gehört, niemand sie kommen gesehen, doch wunderbar, als hätten es alle geahnt: sobald sie das Dorf erreicht hatten, öffneten sich in allen Häusern lautlos die Türen, und hervor traten, ohne Zeichen des Staunens, als Gruß nur strahlender Blick und liebkosendes Lächeln, die Frauen, Kinder an den Händen führend, und die Männer leuchtenden Auges. In allen Zügen spiegelte sich Glück der unwandelbaren Ruhe. Eiligen Schrittes traten sie, die Arme ihnen entgegenstreckend, auf die Wiedergekommenen zu, und die beiden Freunde versenkten ihre Blicke in aller Augen und drückten in stummer Begrüßung aller

Hände. Ohne gerufen zu sein, kamen in schnellem Lauf von den Feldern die Männer und gesellten sich zu. Keiner sagte ein Wort, keiner suchte es, und alle fanden ihren Ausdruck in festlichem Schweigen. Stumm, als wäre sie entschlafen, blieb die Landschaft und in der Landschaft die Menschen, und anders als sonst, ausdrucksvoller und mehr Gesang, lag auf der Erde das Licht. In unbewegter Luft blieb jeder Grashalm still, und in jedes Vogels Kehle erlosch der Gesang.

Wratislav und Wladislav waren auf zwei Stufen eines Hauses getreten. Dort standen sie, von allen umringt, die Arme ein wenig gebreitet, den Kopf zurückgebeugt und das Gesicht von lächelnder Seligkeit verklärt. Jeder war diesem Augenblick hingegeben. Die Strahlen der Sonne fielen auf ihren Scheitel, und zu ihren Füßen, freundlich lächelnd, ehrfürchtig zu ihnen aufschauend, standen die Kinder und dann mit emporgestreckten Armen strahlend die Männer und leuchtend die Frauen. Aller Gesichter waren verklärt. Irgend etwas schien vollendet zu sein. Und da erhob sich brausend aus aller Menschen Brust eine Hymne, Lied und Gebet, lautlos zum Himmel. –

Wratislav und Wladislav traten von den Stufen zur Erde und gingen, während alle ihnen folgten, gemessenen Schrittes, jedes Ding betrachtend und jedes wiedererkennend, durchs Dorf ans andere Ende und betraten ein Haus. Dort war für ihren Empfang alles bereitet, der Tisch gedeckt, und sie setzten sich dem Eingang gegenüber an die längere Seite des Tisches, in die Mitte, und rings um sie manche der Männer. Die andern blieben draußen und sahen freundlich durch Tür und Fenster. Den Oberkörper zurückgebeugt, die Hände auf den Tisch gelegt, sahen die beiden lächelnd im Kreis von einem zum andern, jeden einzelnen wiedererkennend und jedes einzelnen wirklicher Freund. Dann aßen sie und stillten ihren Hunger. – Am nächsten Tag wurde das Schweigen gebrochen; eine Frage erklang und freundliche Antwort, und bald hatten wieder alle ihre Stimme gefunden. Jeder ihrer Blicke war Freude, jedes ihrer Worte liebkosende Freundschaft, und fröhlich sprudelten über ihre Lippen die Gespräche.

Wratislav und Wladislav gingen durchs Dorf. Wie aus einem Traum erwachend, sahen sie sich von noch traumhafterer Wirklichkeit umgeben. Jeder Mensch und jedes Ding in diesem Dorf schien anders geworden. Aller Menschen Ton war milder und sanfter ihre Gebärde. Ihr Blick aus größer gewordenen Augen war voll jener Ruhe der frommen Tiere, voll von jener Gelassenheit der unbesorgten Menschen. Kein Ding war so, daß es hätte übersehen werden können, jedes, bedeutsam hingestellt und sein Dasein betont, der Bach, wie er floß, der Baum, wie er dastand, war Merkmal des Ewigen.

Die beiden fragten nach diesem und jenem, nach jedes einzelnen Wohlergehen. Die Erde hatte die Arbeit leicht gemacht, und der oder jener eine Frau genommen. Die Antworten und Erzählungen waren voll des Wunderbaren, denn während sie draußen die Jahrzehnte verbracht hatten, war über keinen der vielen, die hier lebten, in all der Zeit ein Unglück gekommen, keiner war krank gewesen, keiner war gestorben, ja, keiner war älter geworden, und aller Kräfte hatten sich verjüngt. So gab es hier Leute von unmenschlichem Alter, und sie führten das Leben von Männern, und hundertjährige Frauen hatten Kinder zur Welt gebracht. Wratislav und Wladislav erhoben, als sie dies alles hörten, ihre Hände zum Himmel. Sie gingen hinauf zum frühern Schloß und in den Garten, und als sie ans Tor kamen, sahen sie jenen selben Pförtner noch auf seiner Bank in friedlichem Schlaf. Er hatte ein rundes Gesicht mit roten Kinderwangen, sein Haar, dicht und wild, strebte hoch in die Luft, und wie er so dasaß, reichte sein Bart bis zur Erde. – Das Tor war von innen versperrt, mit Unkraut und allerlei Pflanzen, die dicht und unentwirrbar sich umeinander, um die Stäbe der Tür und um das Schloß geschlungen hatten und nun zäh und undurchdringlich eine Mauer bildeten. Sie kletterten über den Zaun und in den Garten, doch auch er war anders geworden und die Wege verschwunden. Alles war verwachsen; überall war Wiese, überall Chaos, reich und froh, entsproß der Erde, denn die Natur hatte sich wieder dem Willen der Menschen entzogen und ließ wieder Blüten und Grünes wachsen auf allen Wegen und in allen Winkeln. Doch inmitten dieser Wildnis ragte, man weiß nicht, von wem, rätselhaft hergestellt, aus Stein gehauen, auf einem hergewälzten, moosbewachsenen Felsblock als dem Postament, liebevoll von Grün umschlungen, ein Standbild auf: jenes kleine Männchen mit dem sanften Gesicht, das einst beim Grafen erschienen war; und so, wie es damals sich gezeigt, war es auch hier zu sehen: der gerade herabfallende Mantel verdeckte bis zur Erde reichend den kleinen Körper, und das Gesicht mit den eingefallenen Wangen war vom dünnen Bärtchen leise umrahmt; es war von zartem Lächeln erhellt, der Kopf in milder Verklärung zurückgeneigt, und die Hände wie in großer Freude gefühlvoll zum Himmel gestreckt. –

Wratislav und Wladislav sprachen niemals von ihrem zukünftigen Leben, und auch der Gedanke daran schien ihnen fern. Sie blieben im Dorf, und es war ihre einzige Heimat. Sie zählten nicht die Jahre, abseits vom Kalender lebten sie und ließen Zeit um Zeit kommen und gehen, und so, wie es an jenem Tag der Ankunft gewesen war: die Menschen, das Leben und die Dinge, so blieb alles auch weiterhin ins Unendliche. Klar und großzügig war eines jeden Gesicht, denn jenseits aller irdischen Verwirrungen lebten die Menschen, nicht ahnend, daß etwas anders sein könnte, als es ist, und nicht Charakter spiegelte sich in ihren Zügen, sondern nur: freudige Zufriedenheit, Traum eines Daseins und Seele des Menschen. Sie gingen an die Arbeit, aßen und schliefen, doch was sie taten, war wie die Bewegung einer Pflanze im Wind oder wie das Laufen eines Tieres übers Feld. Ihr Dasein war schuldlos und einfach wie das der Tiere, und unabänderlich wie das der Dinge. Schön und glücklich wuchsen die Kinder auf und waren nichts als ein Stück der Natur.

Die Zeit verfloß ihnen, ohne daß sie es fühlten, unübersehbar und unmeßbar; Bewußtsein des Todes war ihnen entschwunden. Wohl war manches anders geworden, doch nicht das Alter, und aller Menschen und aller Dinge Wesen blieb sich gleich. Scharen von Kindern hatten die Eltern und unzählige Enkel; die Bärte der Männer, immer wachsend, bis zur Erde reichend, bedeckten den Boden um sie, und es war das liebste Spiel der Kinder, sich auf den nachschleifenden Bart eines Mannes zu setzen und sich durchs Dorf und über die Wiesen ziehen zu lassen. In ungeahnte Höhen wuchsen die Bäume, daß ihre Spitzen, schon unsichtbar geworden, sich im Himmel zu verlieren schienen; die Mauern standen schief, die Häuser neigten sich schwer zur Seite, doch wunderbar blieben sie stehen und stürzten nicht ein. – Das Glück über diesem Land schien ewig werden zu sollen, unwandelbar und unveränderlich. Jahrzehnt und Jahrhundert gingen dahin, und es war, als wäre die Natur sich selbst untreu geworden, als wären die Menschen unsterblich, die Welt ein Idyll ohne Menschliches, und Schicksal des Menschen nichts als schlichte Freude.

Von leichtem Wind belebt, rauschte dies reiche Land; voll der freudigen Farben der zahllosen Blüten im unendlichen Grün unterm Himmel, auf dem die Wölkchen einander jagten; und die unzähligen Kinderstimmen, in der Landschaft verteilt, im Grünen versteckt, tönten, und es war wie der Zusammenklang vieler Glocken unter der Erde. Der Frauen Gesicht, in ihren Zügen ein jenseitiges Lächeln, war, groß und gütig, das der heiligen Frauen, und man hätte nicht staunen dürfen, wenn diese oder jene sich eines Tages verwandelt hätte, und am Bache stehend, plötzlich eine Weide gewesen wäre, sich im Winde neigend, oder am Fenster übers Land hinschauend, eine Taube am Fenstergesims.

Jahrhundert um Jahrhundert war vergangen, abseits von Europa; nichts ahnend von allen Geschehnissen und Umwälzungen der Welt, verstrich ihr Dasein, und das Ende des neunzehnten Jahrhunderts war gekommen. Wohl war von Zeit zu Zeit einsam irgend jemand, ein Bauer, ein Hirte, ein Gelehrter, man wußte nicht, auf welchem Wege, erschienen, doch hatte er sich, als wäre er kein Fremder, freundlich allem ihn hier Umgebenden angegliedert, schien nicht Gast hier, sondern wie zu Hause zu sein, und war dann wieder verschwunden; keiner aber hatte jemals den Wunsch gehabt, ja, keiner hatte den Gedanken fassen können, das Dorf jemals zu verlassen, denn niemand ahnte jenseits des Dorfes das Dasein einer Welt. Die Straßen und Wege führten zwischen den Häusern und weiter in der Landschaft an einen Bach, einen Teich, an eine Wildnis und verloren sich dann. So gab es keine Berührung zwischen ihnen und der übrigen Welt, und nur einmal war es geschehen, daß ein Aeroplan, übers Land hinfliegend, vom Sturm aus seiner Bahn gebracht, übers Dorf gekommen war, und sein Lenker, nicht mehr Herr des Flugzeugs, hier hatte landen müssen. Doch es störte sie nicht, so, wie es nichts gab, das sie stören konnte. Der Flieger und sein Begleiter hatten um sich geschaut, auf die Häuser, die Bäume, die andere Natur und die anderen Menschen, und waren, erstaunt und erschreckt, wieder aufgeflogen. Im Dorf hatte sie niemand beachtet. Sie erzählten wohl, noch außer sich und gar sehr verwundert, in ihrer Heimat, was ihnen begegnet war, doch wollte ihnen niemand Glauben schenken. Da sie aber, was ihnen zugestoßen, nicht vergessen konnten und immer wieder davon sprachen, beschloß man, was sie erzählten, auf seine Wahrheit zu prüfen. Man wollte das Dorf sehen, doch da sie wohl die Richtung, doch nicht die Wege weisen konnten, faßte man den Plan, mit Absicht das zu versuchen, was durch Zufall geschehen war: auf Aeroplanen das Dorf zu erreichen. Der Plan gelang, und die Wahrheit der Berichte ward bestätigt. Es waren einige Herren Gelehrte der Universität, und sie blieben einige Tage. Sie bestaunten alles, doch sie selbst blieben unbeachtet, und in gleichbleibendem Wandel lebten hier alle weiter: Der oder jener Bewohner des Dorfes begegnete den Fremden, ein andrer sah in die Richtung, in der sie standen, doch als wären ihre Sinne unempfänglich für fremde Erscheinungen, schien keiner sie wahrzunehmen.

Die Fremden wußten nicht, was sie von den Menschen und Dingen, die sie hier zu sehen bekamen, denken sollten. Auf einer Wiese, in den Feldern, zwischen den Häusern stehend, sprachen sie miteinander und suchten Erklärungen und die Ursachen für alles Unwahrscheinliche und alles Rätselhafte. Sie sahen alles sehr genau an, beklopften und untersuchten vieles und notierten ihre Ergebnisse. Dann verließen sie, diesmal zu Fuß, das Dorf, indem sie den Weg, den sie zurücklegten, mit kleinen, in die Erde gesteckten Fähnchen bezeichneten.

So wie niemand ihr Kommen wahrgenommen hatte, konnte auch niemand ihre Abwesenheit bemerken. Der Strom dieses Daseins blieb immer gleich, und es gab nichts, das in seinen Kreis hätte eindringen können. Dies Land blieb eine Insel, unveränderlich und unberührbar. In unverwirrbarem Wandel glitten sie dahin, uralt und engelhaft, in unerschöpflicher Freude, und nichts ahnend von der Welt, ahnten sie auch nicht, daß die Welt sie bestaunte. Denn jene Gelehrten hatten Berichte und Beschreibungen verfaßt, man horchte auf und schlug die Hände ineinander. Alle Zweige der Wissenschaft sahen neue Rätsel vor sich, die zu lösen nun ihre Aufgabe war, indem sie für alles die Gründe suchen und so das Unwahrscheinliche zum Wahrscheinlichen machen müßten. Und sie wußten wohl, daß es ihnen gelingen würde, denn jene Zeit des unbändigen Wissensdurstes, der exakten Forschung und ihrer großen Resultate war gekommen, und damit jene Zeit, in der der Mensch sich auf sich selbst besonnen und erkannt hatte, daß er, würde er nur alles geprüft, erforscht und für alle Dinge die Zusammenhänge gefunden haben, größer und übermenschlich groß werden müßte. Wohl welkte ihnen manches, während sie es prüften, unter den Händen dahin, wohl starb ihnen manches, doch war das ein Opfer, das sie, der Würde der Menschen dargebracht, von den Menschen erwarten durften; und manches verstanden sie erst, nachdem sie's getötet hatten, doch so mußte es sein; denn nachdem sie jedes untersucht und dafür die Ursachen erfaßt hätten, könnten sie, selbst einst den Göttern unterworfen, nun selbst Götter über der Erde werden. Die Menschen, von der Koryphäe der Wissenschaft bis zum einfachen Bürger, und wäre er auch nur Verkäufer in einem Seidenladen, waren durchdrungen vom Fortschritt der Menschheit. Unendlich viel hatte man schon aufgeklärt, man arbeitete weiter, untersuchte, und so konnte man dem Augenblick entgegensehen, der wohl nicht in naher, doch auch nicht in gar zu ferner Zukunft lag, da der Mensch, auf dem Gipfel des Fortschritts angelangt, in seiner Vollkommenheit dastehen könnte.

Eingehüllt in die entrückte Atmosphäre, genoß das Dorf ewiges Leben auf geliebter Erde. Was Trauer im Menschen entfachen kann, blieb jenseits des Dorfes und der Tod jenseits seiner Grenzen. Kein Raum für Tränen, keiner für Begierden, kaum für Worte, nur Flug des Vogels über den Wiesen, Rauschen der Sträucher im Wind, Gesang auf abendlichen Feldern, freundlicher Blick und wortlose Liebe, und dies alles in endgültiger Vollendung, und über allem der Segen! Jedes Ding, eigens bestrahlt, jedes Ding, gewaltig da, schien heilig zu sein, und die Menschen, einander zulächelnd, auf den Wiesen liegend oder über sie hinschwebend, schienen für immer vom Irdischen entbunden. Manchmal geschah's, daß der oder jener der Fremden mit einem Wort, mit einer Frage sich an sie wandte, doch konnte nichts als sanftes Lächeln ihre Antwort sein. Und das geschah immer öfter, denn immer eifriger wurden die Gelehrten, und nicht nur sie, auch die Bürger kamen, das Dorf zu besehen und zu bestaunen. Man hatte längs jener Fähnchen eine Straße gebaut, um die Reise ins Dorf zu ermöglichen, und immer lebhafter wurde der Verkehr und brachte immer neue Gäste; doch die Bewohner wußten es nicht und glitten vorüber. Professoren kamen mit einer Schar von Studenten, eine Lehrerin an der Spitze ihrer Schülerinnen, Väter, von ihrer Familie umgeben. Alles war belebt, die Wälder, in denen an Sonntagen die Mädchen auf Abwege gerieten und die Jünglinge Gedichte rezitierten, die Wiesen voll des bewegtesten Treibens, und die Haine, in die an stilleren Tagen ein Selbstmörder gekommen war, um hier seine grausige Tat zu vollführen. So war auch Bewegung des Menschlichen in die Landschaft gekommen, und man hatte dem Dorf, Merkmal alles Irdischen, einen Namen gegeben.

In dieser Zeit kam auch einer der Fremden jener Art, wie sie schon früher von Zeit zu Zeit erschienen waren. Am Tage ihres Erscheinens innerlich sich wandelnd, waren sie bald, als wäre hier ihre eigentliche Heimat, mit allem, den Menschen und Dingen, zu eins verschmolzen. Diesmal war's ein Fabrikant aus irgendeiner Stadt. Er war eines Tages unversehens dagewesen und war, von Wratislav und Wladislav und allen anderen herzlich begrüßt, bald ihr alter Freund geworden. Er lebte bei den beiden und verbrachte seine Zeit mit ihnen. Er spielte mit den Kindern, sprach mit den Erwachsenen, machte ihre leichte Arbeit durch einen Rat, ein gütig hingeworfenes Wort noch leichter und ging mit den beiden Freunden, sich zu erfrischen und zu seiner und ihrer Freude, durch die Felder und Wiesen. Oft breitete er die Arme, atmete, den Kopf zurückgeworfen, begierig die Luft ein, und ein leiser Schrei des Wohlbehagens und der Freude, ja, ein leiser Schrei des Glücks erklang aus seinem Mund. – Er hatte ein angenehmes, doch in nichts besonderes Gesicht, seine Züge waren regelmäßig, und über den Lippen trug er einen blonden, gestutzten Bart. Seine Kleidung war bescheiden, sein Wesen zutunlich und gegen alle in gleicher Weise freundlich. Er war Parfümfabrikant, und seine Spezialität waren, wie er selbst sagte, Nelkenparfüms.

Eines Sonntags waren die drei durch die an diesem Tage besonders belebte Landschaft gegangen, und wieder ans Dorf kommend, blieb jener Fabrikant, ein wenig ermüdet, um Atem zu schöpfen, am Anfang der Dorfstraße stehen. Es war ein heißer Sommertag, und viele Gäste waren gekommen. Die einen waren draußen im Freien verbreitet, die andern standen und gingen, dies oder jenes im Gespräch betrachtend, zu Gruppen verteilt, zwischen den Häusern des Dorfes. Auch in dieser Straße, an deren Beginn sich die drei nun befanden, standen einige Gruppen; es waren ihrer vier und jede von ihnen durch reges Gespräch belebt.

Der Fabrikant hatte sich erholt, konnte den Weg wieder fortsetzen, und so gingen sie, jener in der Mitte, langsam und schweigend weiter durch die Straße. Die erste der Gruppen, die sie im Vorbeigehen berührten, bestand aus zwei Damen, deren eine eben des längeren sprach. Sie mag gegen sechzig Jahre alt gewesen sein, hatte ein rundes Gesicht mit Backentaschen und hier und da einer braunen, behaarten Warze; unter dem lose herabfallenden Kleid, das, weiß mit vielen lila Kreisen, den Hals und einen Teil der Brust frei ließ und nur vorn von einer Brosche, ein großes Dreieck aus Emaille, auf dem lauter Quadrate aufgezeichnet waren, zusammengehalten wurde, wogten die aufgeschwemmten Körperformen hin und her. Die Füße steckten in schweren, wasserdichten Stiefeln, und sie schwitzte. Um den Hals und über den Busen war eine rote, schwere Korallenkette gelegt, und auch in jedem Ohrläppchen hing in Gestalt eines Tropfens eine große Koralle. Hinter dem Ohr steckte ein Bleistift. Als die drei vorübergingen, hörte man die Worte, die sie eben sprach; es waren folgende Worte:

»Geschmack ist Weltanschauung! – Nun studiere ich höhere Mathematik! Per aspera ad astra!«

Die drei gingen weiter, ohne die Damen zu beachten, der Fabrikant aber schüttelte, als wäre er nachdenklich geworden, ein wenig den Kopf. Doch sie näherten sich schon der zweiten Gruppe, und zwar mehreren Herren und Damen, deren letzteren eine, in einer Unterhaltung mit einer andern begriffen, gerade zu vernehmen war. In leichtem, hingeworfenem Ton sagte sie, wohl als Antwort auf irgendeine Meinungsäußerung jener andern Dame, während sie ein wenig verächtlich den Kopf schüttelte, auf die andere niedersah und ein Lächeln des Stolzes um ihren Mund spielte:

»Ach, mein Mann legt keinen Wert auf weibliche Reize!«

Auch hier gingen sie vorüber, doch nur wenige Schritte, denn dann blieb der Fabrikant stehen, legte, als käme er mit seinen Gedanken nicht zu Ende, die Hand an die Stirn und sah zu Boden; so verharrte er einige Zeit, doch er richtete sich auf und ging weiter – an der dritten Gruppe vorbei. Da stand ein junges Mädchen mit freundlichem, blauäugigem Gesicht und reichen blonden Haaren, in schweren Zöpfen um den Kopf gelegt. Vor ihm stand ein junger Mann von etwa zwanzig Jahren und schien, laut sprechend und aufgeregt mit den Händen durch die Luft fahrend, das Mädchen von einem bestimmten Gegenstand überzeugen zu wollen. Er hatte wilde schwarze Haare, sein Gesicht war mit schwarzen Bartstoppeln und vielen Pickeln bedeckt, sein Rücken gebogen, die Kleidung unordentlich und verstaubt, und die Nase, auf der ein Zwicker saß, gekrümmt. Er war wohl lebhaft, doch nicht schön. Seine Augen flammten, und vor des Mädchens Gesicht, das schon einen verzweifelten Ausdruck angenommen hatte, wild die Hände bewegend, sprach er, ein wenig singend und ekstatischen Tones:

»Verstehen Sie denn das nicht? Alles ist natürlich! Was ist, ist natürlich! Verstehen Sie das denn nicht?«

Er sprach, während seine Stimme in Kreischen überging, noch weiter, doch hörten sie es nicht mehr, denn der Fabrikant beschleunigte seine Schritte und eilte davon. Plötzlich aber blieb er wiederum stehen: Er legte die Hand auf die Brust, und sein Gesicht verzog sich, als hätte er einen körperlichen Schmerz; nach einer kurzen Weile aber entschloß er sich, obwohl er ihn noch nicht überwunden zu haben schien, mit einem ein wenig leidenden Gesicht zum Weitergehen. Die Gruppe, der sie sich nun näherten, bildeten viele Studenten, in deren Mitte ein Professor stand und eine Rede hielt. Als sie nahe genug gekommen waren, hörten sie seine Worte:

»Und so sehen Sie denn, daß nicht nur dieses, sondern auch alle andern Rätsel der Welt bei genügendem Fleiß mit Leichtigkeit gelöst werden können! Lasset uns nicht staunen!« – Der Fabrikant war wieder stehengeblieben – »Mir ist nicht wohl«, flüsterte er und legte die Hand auf den Mund. Ärgerlich über diese Störung, wandte sich der Professor mit einem strengen Blick nach ihm um, doch fuhr er bald fort:

»Meine Herren! Glauben ist des Menschen unwürdig! Das Wissen sei Ihr Glaube!« Er schlug sich auf die Brust, daß es klatschte. Der Fabrikant stand noch immer da, nun beide Hände auf die Brust gelegt – er würgte, beugte sich vor, öffnete den Mund, und – o Gott! – erbrach sich!

Der Professor wandte sich nochmals, diesmal voller Verachtung, ihm zu, während zwischen den Studenten vereinzeltes Lachen, sonst nur ärgerliches Murren hörbar wurde. Der Professor sagte, während er die Fäuste in die Hüften stemmte:

»Nun! Sagen Sie! Sind Sie ein kultivierter Mensch?!«

Der Fabrikant richtete sich wieder auf, das Gesicht bleich und leidend, und nur mühsam sich aufrecht haltend; er legte die Hände ineinander: »Verzeihen Sie!« flüsterte er – er wollte noch weitersprechen, sich rings im Kreise voll traurigen

Schuldbewußtseins umsehend, doch er seufzte nur, schwieg, und müden Schrittes ging er, den Blick zu Boden gesenkt, langsam weiter. Jedes seiner Glieder schien erschlafft, kaum trugen ihn seine Füße noch, und Wratislav und Wladislav mußten ihn stützen. Er ließ den Kopf hängen, seine Wangen waren in diesen kurzen Augenblicken eingefallen, der Körper zu Tod ermattet und seine Augen voll unsäglich müder Trauer. So gingen sie weiter; am Rand des Dorfes aber hielt er ein und nahm Abschied von den beiden. Zwischen ihnen stehend, erfaßte er ihre Hände, und den Kopf zurückgeneigt, schaute er ziellos in die Ferne, nicht nur in den Augen, auch in jedem Zug nichts als Tränen, und mit verlorenem, allem abgewandtem, nur der Trauer hingegebenem Blick. Er wollte sprechen, doch als fände er keine Worte, löste er nur seine Hände aus denen der Freunde, und von gewaltigem Schmerz durchbebt, stürzte er an ihre Brust. Dann riß er sich los und ging übers Feld davon. Die beiden blieben stehen und sahen ihm nach, wie er verschwand.

Wratislav und Wladislav waren ins Dorf zurückgekehrt. Doch unversehens waren sie anders geworden. Sie waren traurig, konnten nirgendwo Ruhe finden, schweiften ziellos umher und schienen, während sie so schweigend und in sich versunken durch die Gegend irrten, für sie selbst unerklärlich, leidendem Gefühl hingegeben zu sein. Sie waren ein wenig gebeugt, die Schritte langsamer und ihre Bewegungen ohne Lebendigkeit. Als wäre ein Wunder über sie gekommen – bleich und müde, der Körper erschlafft und todesmatt, so wanderten sie, als wäre ihnen der Atem des Lebens entschwunden, unabänderlich dahin und wußten nichts mit sich zu beginnen. Von Zeit zu Zeit begann plötzlich und scheinbar grundlos der eine oder andere bitter zu weinen. Ihr Weg, kreuz und quer und im Kreis, fand kein Ende. Schlaflos gingen sie über die Felder, durch den Wald und zwischen den Häusern, und bis spät in die Nacht hörte man ihre Schritte, wie sie, zwei ruhelose Gespenster, stumm nebeneinander durchs Land gingen, einmal seufzend und dann wieder schluchzend. Sie gingen weiter und verschwanden weit hinten in der Landschaft. Die Nacht begann, man sah sie nicht mehr, und die Nacht verging. Am nächsten Tag fand man sie auf einem Feld. Sie lagen auf der Erde, als schliefen sie, und waren tot, und doch: Nicht der Tod hatte sie berührt, nur das Leben war von ihnen gewichen, und sie blieben zwei schöne Körper, zwei schöne Dinge der leblosen Natur.

Lange standen alle schweigend, in stummer Verwunderung an den Leichen und starrten sie an;

dann aber hatten sie begriffen, was Tot-sein bedeutet, und seit Jahrhunderten zum erstenmal war der Schmerz über sie gekommen. Sturm der Verzweiflung raste über das Land hin, Aufschrei um Aufschrei, unheimliches Stöhnen des Schmerzes entwälzte sich grausam in allen Winkeln dem Jammer der Menschen. Klagen durchtönte die Luft, Seufzen durchflatterte sie. In den Winkeln des Waldes, in ihren Häusern versteckt, war niemand sichtbar, und nur die Töne der Trauer, schrecklicher Gesang, aus ihrem Versteck hervorquellend und einander begegnend, miteinander sich verschlingend, schrecklicher Chor, erfüllte den Raum. Tag um Tag verging, immer neu blieb der Schmerz, und die Trauer behielt ihre schreckliche Kraft. Sie blieben trostlos und nur ihrem Jammer hingegeben, bis mancher von ihnen, vom Schmerz getötet, dahinsank. Keines Herz ward beruhigt, solang es noch lebte. Furchtbares Sterben begann. Wo sie standen und gingen, fielen sie zur Erde und waren tot. Als müßten sie nachholen, was sie so lange versäumt hatten, starben alle, Mensch um Mensch, dahin. Bald gab's zu wenig Lebende, um alle Toten zu begraben, und manch' einer, eine Leiche tragend, stürzte zu Boden unter dieser Last und war selbst eine Leiche. Es endete nicht, bis auch der letzte gestorben war.

Wankend zwischen den Häusern, von einer Seite zur andern taumelnd, mit leeren Augen und nicht mehr durch eignen Willen bewegten Gliedern, ziellos schwankte der letzte dahin. Er erreichte sie nicht mehr, als er sich an einer Mauer anklammern wollte, und fiel zu Boden. Ohne eine Regung, ohne ein Stöhnen starb er. Es gab niemand, der ihn begraben hätte. Er blieb liegen, vermodernd, der Luft preisgegeben, und so lag sein Körper dahingestreckt, dann zerfiel auch er und verschwand, und nur die Knochen blieben, auch sie vom Wind, der eine dahin, der andre dorthin getragen. Dann blieb es still.

Kein Atem der Menschen, kein Gesang der Frauen. Der Sturm raste über das Land, die Blätter rauschten, und die Stämme krachten; sinnlos drehte sich eine Windmühle; Fließen des Wassers, Flügelschlag und einsamer Schrei des Vogels. Ungemessen ging die Zeit dahin; nun endlich gaben die Mauern ihr nach und stürzten ein. Schnell nacheinander verfielen die Häuser, und wo eines gestanden, war nur ein Trümmerhaufen; der wehende Wind brachte die Steine ins Rollen, trug die Geräte der Häuser mit sich und ließ sie wieder achtlos irgendwo niederfallen. Gewitter kamen und fällten die Stämme. Schwer sanken sie hin, doch im dichten Wald nicht Raum genug, sich zu

Boden zu strecken, lagen sie in den Armen der andern Bäume. Straßen und Wege, von Gras bedeckt, waren unsichtbar geworden. Unendliche Flächen, nur von Wäldern und Bächen unterbrochen. Die Wellen erhoben sich, und plätschernd stürzten sie ein. Die Dinge, in der Landschaft verteilt, von Moos und Unkraut überwachsen, waren unterm Grün verschwunden, unzählige grüne Hügel, Gräber der Dinge. – Still erschien allabendlich der Mond. Das Licht, die Bäume, der Wind, das Moos und das Gras, dumpfer Schlag eines niederfallenden Baumes, Knistern der trockenen Äste, Rascheln der Blätter, alles unbeseelt und ohne Merkmale des Menschlichen. Immer im August fielen Sternschnuppen, und manchmal in der Nacht rollte der Donner. Endlos flossen die Bäche dahin. An der Spitze eines Astes auf irgendeinem Baum kroch eine Raupe.

Nur wo das Schloß gestanden, im früheren Garten, blieb jenes Monument: jenes kleine Männchen mit dem sanften Gesicht und den emporgestreckten Armen. Doch war es so, als hätten sich um seinen Mund Falten des Schmerzes gegraben, und als läge Trauer über seinem Gesicht aus Stein, und deshalb schien es so, als würden die Hände nicht mehr, wie früher, zu Freude und Segen zum Himmel emporstreben, sondern nun: wie zu Jammer und trauriger Verzweiflung. – Vom Sockel sich emporschlingend, wuchsen Blüten und grüne Pflanzen den Körper entlang auf- und aufwärts. Manchmal, vom Winde gerüttelt, bebten die Blätter, und es schien, als bebte der Körper mit ihnen.

Paul Kornfeld

Blanche oder Das Atelier im Garten

Roman.

672 Seiten. Gebunden

ISBN 3-89561-161-1

»Das Buch nahm mich auf, ich verlor mich in ihm. Es gibt nur wenige Romane oder Erzählungen, die in meinem Gedächtnis einen eigenen Raum beanspruchen, den ich, wann immer es mich danach verlangt, betrete und alles und alle wiederfinde wie beim ersten Mal, eine immer neue Geschichte. Kornfelds Blanche zählt zu diesen Büchern. (...)
Das Buch, ich bin sicher, wird endgültig in seiner Bedeutung erkannt werden, und Blanche wird sich zu jenen gesellen, die wir lieben, zu Theodor Fontanes Effi, zu Robert Musils Agathe, zu Joseph Roths Mendel, zu Thomas Manns Hanno – und und und.«

Peter Härtling
Süddeutsche Zeitung

»Die deutsche Litertur ist um einen großen Roman aus den dreißiger Jahren reicher, einen Roman, der, was seinen literarischen Rang, seine erzählerische Qualität anlangt, Vergleiche mit Robert Musil, Thomas Mann, Döblin oder Heinrich Mann nicht zu scheuen braucht.«

Hellmuth Karasek
Der Tagesspiegel

»Seine Stimmungsbilder sind von unwiderstehlicher Schönheit ... Ein sprachliches Kunstwerk, das die großen erzählerischen Traditionen aus Fontanes Zeiten in unser Jahrhundert gerettet hat – schön und wunderbar unzeitgemäß.«

Michael Bauer
Focus

»Jetzt kann man das Buch in einer Neuauflage lesen, und was für ein Glück das ist ...«

Sächsische Zeitung

»Ein Roman also, wie für unsere Zeit geschrieben. Auch deswegen: ein wunderbares Buch.«

Joachim Campe
Norddeutscher Rundfunk

»Der psychologisch brillant komponierte Roman aus dem Jahr 1957 gehört längst zu den raren Klassikern, die wiederentdeckt die Seele bereichern.«

Schweizer Illustrierte

»Wie kann man nur solch ein Buch der Vergessenheit anheimfallen lassen? Entstanden in den dreißiger Jahren, kam der Roman erst 1957, fünfzehn Jahre nach Paul Kornfelds Tod in einem KZ, heraus. Ein Gesellschaftsroman, psychologisch raffiniert und von wunderbar poetischer Kraft, ist endlich zu entdecken.

Salzburger Nachrichten

»Das liest sich, als würde eine Stimme aus einem fremden Jahrhundert, ein Autor irgendwo zwischen Turgeniew und Fontane erzählen aus unseren zwanziger Jahren.«

Reinhard Baumgart
DIE ZEIT

»Die Weisheit der Bourgeoisie und auch die Weisheit von Paul Kornfeld vermengen sich zu einem einheitlichen Großstadtgemälde der zwanziger Jahre. Gelungene Rhythmuswechsel lassen die Frage nach Unterhaltung oder großer Literatur nicht aufkommen: Sowohl als auch!«

Südkurier

»Kornfeld hat seine Geschichte virtuos komponiert.«

Joachim Campe, Berliner Morgenpost

»Kornfelds Buch ist voll von sprachlichen Wunderbarkeiten.«

Bayerischer Rundfunk

Paul Kornfeld

Revolution mit Flötenmusik

und andere kritische Prosa. 1916–1932

Herausgegeben und kommentiert

von Manon Maren-Grisebach

Mit einem Beitrag von Hans-J. Weitz

336 Seiten. Leinen.

ISBN 3-89561-162-X

Paul Kornfeld · Leben und Werk

Mit zahlreichen Dokumenten, Photographien,
Abbildungen sowie erstmals
veröffentlichten Texten.
Herausgegeben von Klaus Schöffling
Etwa 240 Seiten. Gebunden.
ISBN 3-89561-164-6
Erscheint im Herbst 1999